KB076948

관능적인 삶

관능적인 삶

이서희

나의 글은 연애편지입니다.

누군가를 향해 쓰는 줄기찬 귓속말입니다.
대상을 밝히지 않아 은밀한 글, 하지만
읽는 자는 우연이든 필연이든
자신을 향한 글임을 알 수 있는 글.

모두 개인적인 속삭임이고 두드림입니다.

글을 쓸 때면 술렁이는 이 마음이 전달되기를 바랍니다.
아슬아슬한 줄타기에 함께 흔들리고 있음을 느낄 수
있기를.

내가 애타듯 당신도 그러하기를
아늑하고도 농밀하고
아득하고도 정교하게

나의 글은 모두

당신에게
그대에게
너에게
미처 도달하지 못한 그 사람에게.

2013. 10

이서희

차례

Ⅳ. 도주의 기억

I

관능의
풍경

매혹에 관하여

　　　　　　　종종 너무나 매혹적인 그들에 관한 이야기
가 멀고 먼 이곳까지 흘러들어올 때가 있다. 그들을 직접 만나는 게 가
능한지 따져볼 새도 없이 나는 벌써부터 그들을 꿈꾸는 길로 망설임 없
이 들어선다. 그와 그녀를 둘러싼 이야기들은 어딘가 위험하고 불온한
구석이 있다. 용기가 없는 나는 차마 흘러드는 이야기를 붙잡고 그 이
상을 묻지 못한다. 그저 가슴 한구석에, 더 이상 세상에는 비밀이 아니
지만 내게는 여전히 모르는 이야기를 심어 두고 가볍게 몸을 떨어 볼
뿐이다.

최초의 기억이 닿아 있는 그곳부터 내가 세상을 바라보는 행위는 매혹
이라는 에너지 자장에 포위되었다. 호기심 많은 아이의 눈앞에 펼쳐진
세상은 매혹투성이었다. 책을 펼치거나 창문을 열면 내가 미처 알지 못
한 세상이 신기루처럼 놓여 있었다. 당신의 눈빛마저도 입술을 타고 나
오는 말과는 다른 이야기를 내게 속삭였다. 보물찾기를 하는 심정으로
당신의 진심 혹은 숨겨진 의도를 찾아 헤맸다. 그것은 당신의 이야기

속 감춰진 단서를 찾는 일이었고, 당신의 눈빛이 머문 자리를 잊지 않는 방식이기도 했다. 아, 세상은, 당신은, 얼마나 의외의 놀라움으로 가득 차 있는지. 그것을 발견하고 차곡차곡 내 안의 이야기 속으로 블록을 쌓듯 조심스레 쌓아 올릴 때면 나는 새로운 세상을 창조하기라도 한 듯 남몰래 의기양양해지기도 했다.

문제는 그것이 매혹을 넘어서는 순간에 있었다. 어느 순간 우리의 시선이 마주치고, 매료가 상호적이라는 것을 알게 되고, 시야가 흐려질 만큼 사이가 가까워지면, 미혹의 단서들은 온밤을 뒤흔드는 불안과 고통의 암시가 되어버렸다. 나를 사로잡는 힘은 당신에게서 발산되는 것이라 해도 그것을 발견하는 것은 내 몫이었을 텐데, 나는 그만 온갖 암시와 불길한 예언을 해석하느라 애초의 내 몫을 내팽개치고 말았던 것이다. 늦은 밤, 알 수 없는 불안과 분노가 썰물처럼 빠져나간 자리, 그 서늘한 감각에 몸을 떨며 다짐했었다. 다시는 매혹의 거리감을 잃지 않으리라고. 단 한 번이면 충분하다고.
나는 시야를 지우고 내 몸과 이 세상을 내던지는 열정 대신 매혹을 택했다. 둘 다 소모되기는 마찬가지라면, 바라보는 즐거움을 좀 더 극대화시키는 편이 좋았다. 바라보는 자, 산책하는 자, 떠돌 듯 지나가는 자가 되기를 바랐다.

퇴폐는 거리감에서 나온다. 만약 적정한 거리감이라는 것이 존재한다면 그곳에서 한 발 더 물러선 자리에서 느긋하게 몸을 기대고 남김없이 바라보되 결코 맞닿지 않을 것을 명징하게 인식하는 상태. 퇴폐와 매혹이 양 날개처럼 인간을 지탱할 때 비로소 부유가 시작된다. 퇴폐와 매혹은 힘이 세지 않아 결코 상승에 이르지는 못한다. 그들은 단지 부실한 양 날개로 하나의 존재를 지상 위로 살짝 떠올리고 가볍게 떠다니는 일을 도와줄 뿐이다. 허약함의 총체다. 그러나 그들이 만나 이룬 질서는 눈부실 만큼 아름답다. 가볍고 투명하고 위태롭다.

먼 풍경으로의 외출

　　　　　　　　　　요즘 버릇 하나가 생겼다. 다른 곳에 살며
다른 풍경을 보는 친구들에게 사진을 찍어서 보내 달라고 부탁하는 것
이다. 잘 찍을 필요도 없고, 대부분 스마트폰이 있으니 그리 힘들이지
않고 보내줄 수 있지 않느냐며, 그들을 조른다. 요즘은 책 읽고 싶은 마
음보다 사람들 사는 이야기에 귀 기울이고 그 풍경을 그들의 눈을 통해
바라보고 싶은 충동을 느낀다. 그러니까, 책 읽기에서 영화 보기로, 그
리고 지금은 멀리 있는 이들의 풍경 보기와 이야기 듣기로 관심이 선회
한 것이다. 어쩌면 이 관심이라는 것 역시 이렇게 빙글빙글 돌다가 어느
날 갑자기 멈출 날이 올지도 모르겠다. 어느 지점에서 모든 것이 '얼음'
하고 외치는 신호에 맞춰 정지되었다가 산산이 부서져버리는 건 아닐지
궁금해진다.

무언가에 감정이 북받쳐 울고 있는데 마침 누군가 내게 홍대 앞 풍경이
라며 사진을 보내주었다. 테이블 앞이 비어 있으니 와서 앉으라는 메시
지와 함께. 기왕 그곳에 갈 거라면 눈물을 닦고 머리도 예쁘게 빗고 나

가고 싶었다. 그래서 십 분만 기다려 달라고 했다. 외출을 준비하는 기분으로 거울 앞에 섰다. 아직 내 모습은 그리 나쁘지 않다. 불현듯, 내 앞에 누가 있든 당신의 마음을 뒤흔들어버리고 싶다. 하지만 충동은 금세 수그러들고 약속장소로 나갈 마음도 사라져버렸다. 이런.

사소한 일로 뒤틀리고 튀어 오르는 마음을 심각하게 배려할 필요는 없잖아. 어차피 우리 사이에는 테이블이 있다. 어쩌면 우리는 두 번 다시 만나지 못할 것이다. 나와 당신의 마음이란 이처럼 쉽고 허접하다. 어느 순간 상해버린 고깃덩어리처럼 악취를 풍길 것이다. 그러니까 잠깐, 당신의 마음덩어리를 쥐었다 펴 보는 것도 딱히 잔인한 일은 아니리라. 푸줏간의 아낙네처럼 나는 그것을 잘 다룰 자신이 있다. 금세 내 손을 떠나보낼 녀석들이니 잘 다듬었다 빳빳한 종이에 돌돌 말아서 다른 누군가에게 건네줄 테다.

드디어 외출 준비가 끝났다. 이제 나가려 한다.

책과 남자

               내 인생에서 나를 무척이나 골치 아프게 한 남자는 두 사람이다. 내 아버지와 L이 바로 그들이다. 두 사람에게는 빽빽한 책장을 갖고 있다는 공통점이 있다. 물론 그 외에도 비슷한 점이 참 많았다. 냉소적인 성격, 까칠함, 혼자 움직이기를 좋아하며 산책 중독자라는 점 등등.

내 독서의 역사는 훔쳐 읽기로 시작되었다. 어릴 때부터 언니의 책을 훔쳐 읽었고 언제부턴가는 아버지의 책장을 넘보기 시작했다. 더 이상 그가 건들지 않는 책 더미 속에서 세로쓰기로 된 낡은 책장을 넘기며 내가 도저히 닿을 수 없을 것 같은 당신의 머릿속을 더듬어 보았다. 그것은 은밀하고 위험하며 짜릿한 경험이었다. 거기서 나는 이광수와 김동인을 읽었고 헤세와 도스토예프스키와 플로베르, 체호프와 로렌스, 셰익스피어와 헤밍웨이를 만났다. 심심할 때면 『문장백과사전』이라는 책을 들추었다.

그리고 나의 친구 L. 그가 출근한 뒤 아침이면 나는 그의 침대에 남아 그가 머리맡에 펼쳐놓은 책을 따라 읽었다. 아마도 내 인생에서 가장 관능적인 책 읽기가 아니었을까 싶다. 내 안에는 풀어놓을 수 없는 매혹들이 너무 많았다. 나는 그것들을 스스로도 가늠할 수 없을 만큼 깊은 곳에 숨겨 놓고 꽁꽁 묶어 두었다. 하지만 그가 떠난 뒤, 그의 흔적으로 가득한 방에서 나는 그의 책을 읽으며 그의 뒤를 밟았고, 그의 구석구석을 더듬는 기분으로 그가 남겨놓은 메모와 밑줄과 교류했다. 그의 헝클어진 글씨가 떨어진 여백을 까만 밤 반짝이는 돌을 따라 집으로 돌아가는 심정으로 읽어 내려갔다.

당신은 나의 집이었나요. 떠났다가 돌아갈 길을 잃은 먼 옛집이었나요.

그가 떠난 뒤의 아침은 더디게 흘러갔다. 나는 세수도 하지 않고 실오라기 하나 걸치지 않은 채로 그의 책과 놀았다. 그렇게 페르난두 페소아의 『불안의 책』을 읽었고, 로버트 버튼의 『멜랑콜리의 해부학(우울의 해부)』을 접했다. 읽지 않은 그의 책만큼 요염한 것은 없었고, 나는 그의 책을 유혹하듯 펼치고 열고 더듬고 따라갔다. 그때 내가 생각했던 것은 세상에는 포르노그래피가 필요하지 않다는 것. 이미 이곳은 지독히 관능적이고 불순하고 관음적인 시선으로 넘쳐나는데, 이토록 은밀하고 매혹투성이인 세상에서 그 이상의 터치는 조금도 관능적으로 보이지가 않는걸.

남자와 책

　　　　　　　　　　어느 사막 도시에 가서 살게 된 L에게서 한
통의 이메일을 받았다. 내용은 간단했다. 자신의 책이 출간되었고 나를
위해 표지에 푸른 새벽 꽃 그림을 그려 넣기를 부탁했다는 내용이었다.
나는 그의 말을 이해하지 못하는 척했다. 왜 그의 책에 특별한 그림이
들어가야 했을까? 왜 그 그림이 나를 위한 거라는 걸까? 물론, 그가 나
를 종종 푸른 새벽빛에 피어난 꽃처럼 우울하다고 농담처럼 말했던 것
을 기억한다. 그는 하루 중 가장 멜랑콜리한 시간은 바로 푸른 새벽이
라는 말도 덧붙였다. 그는 책을 보내주고 싶다며 내게 주소를 물었다.
나는 별 망설임 없이 집 주소를 알려주었다. 여전히 내게는 낯설고 드넓
기만 한 이곳으로 당신의 작고 가벼운 책이 도달할 수 있을까?

그리고 어쩌면 당연하게도 책은 오지 않았다. 예상했던 대로라고 생각
했고 그래서 실망조차 하지 않았다. 그가 보냈는지 아닌지는 중요하지
않았다. 어차피 내게는 올 수 없으리라고 처음부터 예감했던 탓이었다.
그로부터 몇 달이 흘렀다. 우리는 또 다시 우연히 이야기를 나눌 기회

가 있었다. 그가 물었다. 내 책은 받았니? 나는 대답했다. 아니.

그는 그가 머무는 사막 도시의 어처구니없는 우편시스템을 원망했다. 하지만 나는 그의 불평을 가볍게 흘려보냈다. 그는 애초에 책을 보내지 않았을 수도 있었다. 보냈다 하더라도 그것은 어디론가 사라질 운명이었을 것이다. 그것이 바로 내가 그를, 혹은 나와 그의 관계를 이해하는 방식이었다.

그는 내가 기억하는 한, 가장 말이 없고 조용한 허풍쟁이였다. 말을 아끼고 또 아낀 다음 그럴듯한 허풍으로 나를 바람개비처럼 핑그르르 돌려놓고는 했다. 그가 왜 사막으로 가버렸는지 나는 곧 이해할 수 있었다. 더 많은 종류와 강도의 바람을 익히기 위해서였으리라. 그래서 더 기막힌 허풍을 떨 수 있도록.

종종 꿈을 꾸었다. 사막 한가운데 서서 가만히 바람에 귀 기울이는 그의 모습을, 바람을 익히고 체화하다가 바람처럼 흩어지는 그 형상을. 그대로 흔적 없이 사라지는 그를 상상하는 것은 발밑을 감싸던 물결이 스르르 빠져나가는 감각과도 비슷했다. 깊지만 오래된 그리움이란 아마도 그런 것일 게다.

그는 나에게 수많은 약속을 했다. 반면 나는 그에게 아무런 약속도 하지 않았다. 그의 약속에 고개를 끄덕인 적조차 없었다. 그는 일방적으로 약속을 지키기도 했지만, 없었던 일처럼 흐지부지 넘어가버리기도 했다. 그는 내가 원하는 것이 무엇인지 종잡을 수 없다고 불평했지만 나는 아무 대답도 할 수 없었다. 나조차도 무엇을 원하는지 알 수 없었으니까. 한 가지만은 확실했다. 너를 잃고 싶지 않아.

나는 오래도록 그를 잃지 않을 방법을 생각했다. 돌처럼 단단해지기. 사랑이나 미움, 기다림이나 외로움, 허무함 따위의 사소한 감정에 침투당하지 않기. 바람이 불어도 흔들리지 않기. 모든 가능성에 미리 절망하기.

덕분에 나는 앞으로 백 년은 버틸 만한 그리움을 얻었다. 그를 대면하지 않는 한 그것은 단단하고 지속적이다. 지구 저편에서 나부낄 그의 머리칼은 잿빛을 입을 것이고, 그의 허풍은 사막 한가운데서 거센 회오리를 일으킬 만큼 대단해졌을지도 모른다. 창백한 피부 위로 그가 뿜은 바람이 남긴 갈림길들은 그렇게 겹겹이 쌓여 가고 있을 것이다. 그와 동시에 나의 꿈은 나날이 찬란한 빛깔을 입을 것이고 그리움은 소멸 이후를 버틸 만큼 끈질겨질 것이다. 이게 바로 내가 맨 처음 그를 마주쳤을 때 원했던 것이다. 고로, 나는 꿈을 이뤘다.

그는 누군가 사랑하고 난 뒤면 그를 위한 책 한 권을 써 내려간다. 어느 먼 대륙의 여인을 사랑한 후에는 대륙의 여행서를 쓰고, 어느 도시에서 만난 우울한 들고양이 같았던 여인을 위해서는 고양이에 관한 시집을 낸다. 낯선 나라의 여배우를 사랑한 뒤에는 그녀가 사랑한 영화에 관한 소개서를 쓰기도 한다. 그는 멈추지 않는 바람처럼 쓰고 또 쓸 것이며 자신의 책 어딘가에 그가 사랑했던 그녀들의 흔적을 몰래 집어넣을 것이다. 그래서 글쓰기는 때로는 은밀하고 관능적이다. 이 세상에 암호와 같은 흔적을 여기저기 흩뿌리는 것이니까. 당신의 책 목록이 완성되는 순간, 누군가는 암호를 해독하듯 그 안에 스며든 사랑의 기억을 우물우물 되새길 것이다.

오래된 책

　　　　　　　　내 생일 선물로 무엇을 줄까 고민하다가 책
을 사기로 했다. 오래도록 책을 사지 않았다. 책을 사지 않은 이유 중
하나는 여기저기 이동하며 살아온 내 삶 바깥으로 사라져버린 책들에
대한 미안함 때문이었다. 수십 번을 읽고 또 읽어서 손때가 앉은 어린
시절 책들은 한 가정이 무너짐과 동시에 뿔뿔이 흩어졌고, 한국을 떠나
면서 연인에게 맡겨둔 대학 시절 책들은 이제 와서 다시 찾기가 무색해
져버렸다. 엄마는 한동안 강원도 창고 안에 쌓여 있는 우리 집 세간에
대해 말하곤 했다. 그때마다 나는 비가 차고 습기가 스며들어 더 이상
못쓰게 된 가구와 집기들, 이제는 쥐들의 안식처가 되어버린 어느 시골
의 어둡고 쓸쓸한 창고에서 조용히 부패하고 있을 나와 아버지의 책들
을 상상했다. 그들은 남들보다 조금 더 빠르게 사라지는 중이었다. 문득
'편안합니까' 하고 그들의 안부를 묻고 싶어진다.
이제 다시 책을 사도 될까 자문하다가 애써 질문을 던지는 것이 어쭙잖
아진다. 사지 않는 듯 슬며시 책이 쌓이는 것이 더 나을 텐데 그게 쉽지
가 않다. 물론, 책을 많이 살 생각은 여전히 없다. 몸이 무거워지는 것이

싫다. 버리고 싶지 않은 것이 많아지는 것은 번거롭다.

프랑스 유학 생활을 마감하려던 차에 대학 시절 연인이었던 사람의 형이 파리를 방문했다. 잠시 얼굴이라도 볼 수 있겠느냐는 그의 제안이 못내 불편했지만 결국 약속 자리에 나가고 말았다. 샹젤리제 거리에 있는 식당에 앉아 말수를 아끼며 조용히, 어딘가 익숙한 남자(형제는 어쩔 수 없이 맞닿아 있다)를 바라보며 식사를 했다. 그의 손에는 눈에 익은 책 한 권이 들려 있었다. 내 손길이 닿았던 책임을 단번에 알아볼 수 있었다.

"혹시 말이에요. 그 책 주인이 누구인지 아세요?"

옛 연인의 형은 빙그레 웃으면서 대답했다.

"서희씨가 오래전에 읽었던 책이에요. 이번 여행 동안 잘 읽었습니다."
"그럼 제가 되돌려 받아도 될까요?"

너무 오랜만에 손에 쥔 책의 부피는 세월만큼 가벼워진 것 같았고 책갈피는 누렇게 닳아 있었다. 참을 수 없는 호기심에 책을 펼쳐 보니, 책장곳곳에 내가 남긴 메모가 보였다. 부끄러움에 얼굴이 화끈 달아올랐다. 대학 초년 시절, 그토록 열광했던 밀란 쿤데라의 『불멸』이라는 책이었다.
식사를 끝내자마자 허겁지겁 이별을 고하고 샹젤리제 거리를 종종걸음으로 벗어났다. 손에는 육 년을 꼬박 넘기고 내게 돌아온 책 한 권이 쥐어져 있었다. 다시 읽어 보니 예전 같지 않았다. 내가 어디에서 열광했는지 기억은 났지만, 빛바랜 표지처럼 감동은 시들해졌다. 그때 결심했다. 버려둔 책은 다시 찾지 않기로. 간직하거나 혹은 놓아두거나. 그 이상의 행동은 그저 거추장스러울 뿐이라는 걸 깨달았다.

하지만 이따금 나는 오래된 책들이 쌓여 있는 멀고 쓸쓸한 촌 동네 창고를 꿈속에서 방문한다. 어렴풋이 들려오는 공장의 소음, 발바닥을 넘어 파고드는 불편한 습기에 절룩대다가 차마 책 한 권 꺼내 들지 못하고 만다. 책들은 풍경 사진처럼 벽 위에 걸려 있을 뿐이다. 희미하게 빛바랜 사진처럼, 그들을 감싼 엄숙함이 내게 속삭인다. '사라지는 것들에 경건하라.' 그리고 앞으로도 나의 예배와 같은 방문은 한동안 계속될 것만 같다.

당신의 글자들

내게는 문자 페티시즘이 있다. 그러니까 누군가 좋아지면 그 사람의 필체가 적힌 무언가를 얻기 위해 노력한다. 그가 책 속에 끼워 놓거나 메모를 적은 포스트잇 한 장을 몰래 훔치는 일도 있었고, 사랑하는 이의 편지를 받으면 그가 어떻게 'ㄱ'을, 받침을 쓰고 어떤 모양으로 알파벳을 흘리는지 샅샅이 뒤지듯이 살펴본다. 그가 내게 전해준 전화번호를 보며 그 숫자들이 어떻게 만났다 떨어지는지를 유심히 바라본다. 그가 만일 내 앞에서 글씨를 쓰고 있다면, 그의 손가락이 어떻게 볼펜을 쥐고 글씨를 쓰기 위해 흔들흔들 춤을 추는지도, 얼마만큼의 악력으로 펜을 쥐고 종이를 누르는지도 가늠해 본다. 가끔은 내가 당신의 종이가 되어 그 모든 글자들을 죄다 입어버리고 싶을 만큼, 당신의 글자를 원하고 탐하고 그리워한다.

당신과 헤어진 후에 무심코 내 앞에 떨어진 당신의 글자들이 있다. 당신이 적어준 편지, 메모, 명함 위에 흘려 쓴 특별한 전화번호 등등. 당신의 흔적 중 내 손에 잠시 쥐고 있어도 덜 미안한 그 무엇. 그래서 나는 글자 페티시즘, 정확히 말하면 당신의 글자 페티시즘이 있는 것이다.

예전에는 새벽의 한가운데 습격하듯 찾아오는 복통 때문에 눈을 뜬 적
이 여러 번 있다. 그리고 가끔이지만 복통처럼 찾아오는 가슴의 통증으
로 새벽을 가르듯 눈을 뜰 때도 있다.

그것은 그리움 같기도 한데 막상 대상을 헤아릴 수 없고,
그것은 허전함 같기도 한데 딱히 그 이유를 종잡을 수 없고,
그저 두터운 먹먹함으로 내 침실에 내려앉은 캄캄함처럼
그냥 내 존재를 뚫어 그대로 그 속을 채워버린 느낌이다.
텅 빈 느낌,
그러나 자세히 들여다보면
당신의 글자들이 먹물처럼 짙은 어둠으로 가득 차 있다.

사랑의 구역

　　　　　　그때까지 파리는 그에게 두 개의 길로 요
약되고 있었다. 그의 사무실에서 극장으로 가는 길, 그리고 극장에
서 베아트리스의 아파트로 가는 길이 그것이었다. 우리는 모두 사랑
의 열정이 대도시의 한가운데에 만들어내는 이런 조그마한 구역들
을 알고 있다.
- 프랑수아즈 사강의『한 달 후, 일 년 후』중

나에게 있어 파리는 수많은 구역들로 이루어진 도시다. 나는 그곳에서
다양한 사람들을 만났고 사랑을 했다. 가벼운 햇살처럼 찰랑거리는 사
랑, 무겁고 비려서 진절머리가 나는 사랑, 혹은 강렬한 예감에 사로잡혀
뒷걸음질 치듯 도망가다 그대로 빠져버린 사랑도 있었다. 나는 사랑을
유희로 남겨두고 싶었다. 즐겁지 않다면 사랑하고 싶지 않다고 생각했
고, 균형을 잃을 때쯤이면 더 늦기 전에 상황을 정리하고자 했다. 하지
만 내가 빠져나간 그 자리에서 여전히 서성이던 나의 연인들, 그들과 머
물렀던 그 도시의 작고 은밀한 기억들은 내가 혹은 그 도시가 사라지지

않는 한 남아 있을 것임을 알아버렸다. 수신인을 찾지 못해 오랜 시간을 헤매다가 뒤늦게 도착한 편지처럼 까마득한 시간이 지난 후에야 이해해버린 의미들이다.

내가 즐겁게 추억하지 못하는 연인 중의 한 사람이 있다. 그를 기억하는 일은 정말 드문 일이다. 그런데 얼마 전, 홍상수 감독의 〈옥희의 영화〉를 보면서 불현듯 그를 떠올렸다. 마음에 두고 있는 여학생을 만나기 위해 추운 겨울 날, 아침이 밝아올 때까지 밤새도록 그녀의 집 앞에 쪼그리고 앉아 있던 남학생(이선균 분)을 보면서 문득 나의 옛 연인은 얼마나 추웠을까를 상상했다. 영화 속의 남학생은 다음 날 아침, 그녀의 손에 이끌려 작고 아담한 그녀의 방 아랫목 이불 밑에서 몸을 포갠다. 그의 달아오른 몸과 마음을 생각하며 나는 진심으로 행복했지만 한편으로는 옛 연인 생각에 뒤늦게 마음이 아파왔다. 그는 나보다 어렸지만 나의 어미 같았다. 아프면 돌봐주고 배고프면 먹여주고 힘들면 기운을 북돋아주었다. 나는 한 번도 그를 연인이라고 부른 적이 없었지만 그는 내 곁을 그림자처럼 맴돌면서 나를 돌봐주었다.

그는 요리를 잘하는 남자였다. 처음에는 잘생긴 외모에 호감이 갔지만, 내 마음을 결정적으로 사로잡은 것은 도마 위를 달리는 그의 날렵한 손놀림이었다. 나는 그가 나를 위해 음식을 만드는 모습을 보는 게 좋았다. 그는 내가 먹고 싶은 것이면 무엇이든 마법처럼 만들어 내는 재주를 가졌었다. 그에게는 언제나 달콤한 냄새가 났다. 단정하고 예쁜 사람이었다. 그런 그가, 몹시 추웠던 12월의 어느 날, 우리 집 앞에서 밤

THEATRE DES CHAMPS-ELYSEES
15 AVENUE MONTAIGNE
— PARIS —

Ouverture de la saison
Le 10 novembre 2011 après quatre mois de travaux
de rénovation de la scène et du plateau.

—

Préparez vos sorties
dès maintenant
162 rendez-vous entre novembre 2011 et juillet 2012

47 soirées d'opéra, d'opéra en concert et d'oratorio
51 concerts symphoniques
9 récitals de chant et des Grandes Voix
20 récitals d'instrument et de musique de chambre
21 représentations de ballet
14 Concerts du Dimanche Matin.

—

...rez les nouvelles
...s d'automne
...elysees.fr

Réservations T. 01 49 52 50 50
...é Carisies du Théâtre du lundi au vendredi de 12 à 19h

THEATRE
DES
CHAMPS-ELYSEES
15 AVENUE MONTAIGNE
— PARIS —

Les Artistes de
la saison 2011-2012

Pierre-Laurent Aimard Natalie Dessay Bartók
Anne-Sophie Mutter *Don Pasquale* Youri Temirkanov
Philippe Jaroussky Jonas Kaufmann Alessandro
Corbelli *La Flûte enchantée* Louis Langrée Stravinsky
Le Concert d'Astrée *Tristan* Valery Gergiev Jérémie Rhorer
Rolando Villazón *Jules César* Vadim Repin Maria João
Pires Marie-Nicole Lemieux Mitsuko Uchida Evelino
Pidò Denis Podalydès Vladimir Jurowski Anna Caterina
Antonacci Yannick Nézet-Séguin Bertrand Chamayou
Cavalli William Christie *L'Orfeo* Juan Diego Flórez
Philippe Herreweghe Sylvie Guillem Michel Portal
Andris Nelsons *Così fan tutte* Hervé Niquet Daniele Gatti
Simon Rattle *La Didone* Evgeni Kissin Arcadi Volodos
Tosca Kurt Masur Grigory Sokolov Maxim Vengerov
Parsifal Jean-Claude Malgoire Nicholas Angelich
Sandrine Piau *La Walkyrie* Jean-Christophe Spinosi
Philharmonia Orchestra Esa-Pekka Salonen...

theatrechampselysees.fr 🅕

Réservations T. 01 49 52 50 50
Aux caisses du Théâtre du lundi au vendredi de 12 à 19h*
* dès le 2 novembre, ouverture des caisses du lundi au samedi

을 지새웠다. 내가 나오기를 무작정 기다리면서 바보같이 밤을 보낸 그는 다음 날 아침이 되어서야 내 집 앞을 떠났다. 늦은 아침, 학교에 가기 위해 집을 나서는데 집 앞 구석에 쓸쓸하게 놓인 불에 탄 나뭇가지와 그가 피는 담배꽁초들을 발견했다. 그는 추위를 녹이기 위해 나뭇가지를 모아 불을 피운 모양이었다.

갑자기 내가 살던 파리 근교의 반지하 방과 그 집 앞의 골목길이 떠올랐다. 추운 겨울 날, 속절없이 누군가를 기다리던 스무 살을 갓 넘긴 한 남자와 그가 느꼈을 절망이 이제야 사무치게 다가왔다. 스물의 절반도 넘기지 못했던 그 시절의 나는 상대의 진심 같은 것은 염두에도 두지 않을 만큼 잔인했었고, 그 뒤로 십 년을 훌쩍 보낸 뒤에야 비로소 미안한 마음이 때를 놓친 열차처럼 찾아왔다. 그 긴 시간 동안 기차역은 허물어져버렸고, 기찻길도 제멋대로 자란 수풀에 덮여 형체를 알 수 없이 변해버렸을 텐데 말이다. 기차는 차마 멈추지도 못한 채 아무도 기다리지 않는 역을 지나치고 말 것이다. 그리고 어제도 오늘도, 뒤늦게 알아버린 사랑의 구역들을 끝도 없이 맴돌고 있을 것이다.

지하철 승강장 너머

　　　　　　　　이제는 지하철을 거의 타지 않지만, 학생 시절에는 지하철 승강장에서 만날 약속을 종종 잡고는 했다. 파리 유학 시절에는 그런 일이 더욱 잦았다. 지나치는 지하철 안, 내게로 다가오는 누군가의 얼굴을 창문 사이로 발견하고 손을 흔들기도 했고, 좀 더 빨리 만나려고 종종걸음을 치며 그 혹은 그녀가 내릴 자리로 달려가기도 했다. 지하철 승강장에서 이야기를 미처 끝내지 못한 채 아쉬운 이별을 하기도 했고, 무작정 나를 쫓아 자신과 반대 방향인 지하철에 오른 청년과 늦은 밤 데이트를 즐긴 적도 있었다.

내가 선호하는 수줍고 착한 청년들을 대체로 내게 쉽게 다가오지 못했다. 뻔뻔한 유부남들의 황당한 접근을 몇 차례 겪고 나서 깊은 회의에 빠질 무렵, 나는 마음에 드는 남자가 있다면 내가 직접 나설 수밖에 없다는 결론에 이르렀다. 물론 상대방에게서도 비슷한 기류가 느껴지는 경우여야 하겠지만, 그때 내 주변에는 영화관에서 우연히 알게 된 귀여운 청년이 있었다.

기나긴 밤을 지나온 직후였다. 우리는 미처 예상치 못한 황당한 사건에 휩싸여서 자정에 이르기까지 넋을 놓고 사태를 멍하니 지켜봐야 했다. 쓸쓸히 남은 두 사람이 어두운 밤거리를 걸어 지하철역에 올랐다. 그와 내가 타야 할 기차의 방향은 달랐고, 우리는 두 갈래로 나 있는 레일을 가운데 두고 각각 반대편 승강장 의자에 앉았다. 자정을 넘긴 인적 드문 지하철역 맞은 편 의자에 앉은, 유난히 키가 컸던 그 청년의 시선이 잠시 내게 머물 때, 나는 그 순간을 놓치지 않고 그대로 반대편 승강장을 향해 달리기 시작했다. 언젠가 어느 청년이 나를 위해 달려왔던 것처럼. 데자뷰를 온몸으로 구현하는 것은 색다른 경험이었다.

당황한 표정으로 자리에서 일어난 청년 옆에 나는 털썩 주저앉아 그가 다시 자리에 앉을 때까지 그를 올려다보았다.

"나랑 같이 갈래?"

내가 먼저 그에게 말했다. 그리고 우리는 같은 승강장에 앉아 함께 탈 기차를 기다렸다.

늦은 밤, 새벽을 향해 달려가는 옛 도시의 정적을 가르며 숨이 턱까지 차오를 만큼 빠르게 걷던 우리는 어느새 속도를 늦춰 옛 성당 뒤편의 작은 골목에서 멈춰 섰다. 차 한 대 다니지 않는 골목길을 돌아, 시야가 탁 트이는 광장 한복판 벤치에 우리는 나란히 앉았다. 나는 잠시 후 자리에서 일어나 그의 무릎을 둥지 삼아 자리를 틀었다.

우리는 밤새 산책을 했고 우리 집에 다다라서야 그는 첫 차를 타고 집으로 돌아갔다. 그가 돌아갈 길, 그가 오를 지하철, 아침을 여는 소리, 새벽의 푸른빛이 막 걷히고 세상이 빛깔을 입기 시작하는 순간을 상상하며 나는 침대 속을 파고들었다. 그의 곁을 걷지 않아도 알 수 있었다. 나 역시 새벽의 첫 기차를 타 봤으니까. 나의 데자뷰를 그에게 떠넘기고 나는 아주 깊은 잠 속으로 빠져들었다. 기차가 달리고 부딪칠 듯 마주하며 달려오다 스치고 지나간다. 남은 것은 지나간 바람의 흔적, 레일의 정교한 뒤틀림, 진동. 사랑의 환희가 지난 뒤에 찾아오는 동굴을 울리는 메아리처럼 내 몸을 흔들고 흔들다 자취를 감추어버린 절정의 기억들뿐이다.

존재의 연루

　　　　　　　　　인연이라는 말로는 부족한 관계가 있다. 나는 서로 존재가 연루되었음을 느끼는 사람들을 아주 가끔 만난다. 헤어날 수 없음에 허탈해하다 항복하듯 나를 내던지고 만다. 우리는 그렇게 공범처럼 서로를 인식한다. 너의 존재는 나에게 위로인 동시에 절망, 그 사이를 오가는 아슬아슬한 매혹이다.

얼마 전 친구와 나는 선택의 문제에 관한 이야기를 나누었다. 나는 그녀에게 사랑은 선택이라고 대답했다. 상대방이 내게 주는 사랑의 방식과 깊이에 따라 시소 타듯 따라가는 단계를 넘어서서 결과에 연연하지 않고 꾸준히 나아가는 것. 그것을 선택할 때의 희열에 관하여.

우리는 때때로 자신만의 잣대와 방식으로 사람을 이해할 수 있다고 생각하지만 나는 애초에 그것이 불가능하다고 믿는 사람 중 하나다. 그리고 그것은 불가능하기에 우리가 무작정 사랑해야 하는 결정적 이유가 된다. 사랑을 주기로 선택한 이후, 상대가 내가 원하는 만큼 사랑을 돌려주는가 아닌가는 내 사랑을 결정짓지 않는다. 내가 집중하는 것은 내 안의 에너지가 생성되고 상승하고 그러다 남김없이 사라지는 광경이다. 그리고 그 배경에 당신이 나타나서 무한한 감사를 느낀다.

십오 년도 훌쩍 지난 일이지만 여전히 내게 생생하게 남아 있는 장면이 있다. 그때 이미 예감처럼 알고 있었다. 존재가 연루된 누군가가 나타나는 일은 흔치 않음을. 그러나 그를 남김없이 사랑하는 일은 선택이며, 그 비장함을 품기란 엄청난 기회라는 사실을. 그리고 나는 그 절호의 찬스를 무심코 떠나보낼 수가 없었다.

그는 두려워했다. 자신의 좋지 못한 상황을 원망했고 내게 충분한 정성과 시간을 쏟을 수 없음을 염려했다. 아직 이십 대 언저리에 머물고 있던, 젊고 패기에 찬 청년이 내 앞에서는 한없이 작고 유약해지는 것을 보았다.

"나에게 좀 더 많은 시간이 허락되었으면 좋겠어. 내가 사랑하는 여자와 남김없이 시간을 보내고 일상을 맞이하고 거리를 헤맬 수 있었으면 좋겠어. 네게 내가 바로 그 남자가 되었으면 좋겠어. 하지만 자꾸만 내가 아닌 누군가가 그 자리를 채우는 게 낫지 않을까 하는 두려움을 이겨낼 수가 없어. 나는 이렇게, 도무지 빠져나갈 수 없는 일정과 책임에 얽매어서 나 대신 네 곁에 있을 누군가를 상상하는 일 외에는 아무것도 할 수가 없으니까."

그는 누구보다도 바쁜 사람이었다. 바쁜 것은 물론이고 스트레스도 엄청났다. 하지만 그가 알지 못한 것이 있었다. 나는 사랑에 있어 어설픈 증거와 선언을 요구하는 사람이 아니라는 점이었다. 내게 사랑은 선택이고 믿음이었다. 내가 누군가를 사랑하고 신뢰하기로 마음먹었다면 그것으로 충분했다. 그래서 그에게 대답했다.

"기다림이 선택이 되었을 때에는 그 어떤 행위보다 즐거울 수 있어. 나는 내 산책을 이끌어줄 누군가를 원한 적이 없어. 단지 그 상대가 네가 되어준다면, 그건 참 멋진 일이 되겠지. 기다릴게. 불필요한 상상은 해로운 거야. 너의 바쁜 일상을 두고 나는 어리석은 상상 따위는 하지 않기로 이미 선택했는걸. 내게 너는 선택이고 너를 기다리는 것 역시 선택이야. 그리고 나는 내 선택에 충실한 사람이야."

당신을 위해 달리는 속도를 늦출 수는 있겠지만, 달리는 행위는 멈추지 않는다는 것이 내가 그를 사랑하는 방식이었다. 사랑이 끝나는 순간은 당신이 나를 원하는 만큼 사랑하지 않아서가 아니라, 내 안의 무언가가 비로소 마감을 알리는 신호를 보낼 때에 찾아왔다. 그것은 비장한 마무리일 때도 있었지만, 바람이 대기에 스며들 듯 아주 자연스러운 움직임이기도 했다. 남김없이 사랑한 뒤의 결말은 대체로 편안했다.

내 메일을 받은 그는 그날 밤 늦게 내 얼굴을 보기 위해 우리 집을 찾았다. 우리는 파리의 15구 노천카페에서 때늦은 저녁을 먹었다.

"기다릴게. 네가 무슨 일을 하든 얼마나 숨 가쁘든 상관하지 않아. 나를 돌봐줘야 한다는 생각 같은 거 하지 않아도 좋아. 그냥 내가 선택한 거야. 나는 바쁘게 달려가는 지금의 네가 좋은 거고. 이건 내가 선택한 거야. 내가 바라는 건 나의 선택에 네가 행복했으면 하는 거야. 그뿐이야."

그의 얼굴에서 환호성처럼 번지던 기쁨의 자취를 보며 내가 느꼈던 것은 무엇과도 바꿀 수 없는 희열이었다. 나는 누구보다 의기양양했고 그 기쁨에 취해 그에게 말했다.

"행복하다고 말해줘. 내가 너를 사랑해서, 내가 너를 사랑하기로 선택해서 기쁘다고 말해줘."

지금도 생각한다. 관계의 황홀경은 누군가를 사랑하게 되었음을 깨달을 때 찾아왔다가 그 사랑을 지속하기로 선택한 순간에 지극해진다. 존재의 연루가 관계의 단단함으로 이어지는 자리. 그곳은 인연의 결말이 어떠하든 눈부시다.

비 오는 밤

가끔 궁금하다. 다른 사람들은 옛 연인을 기억할 때 무엇을 가장 먼저 떠올릴까. 나는 일련의 인상적인 조우의 장면들로 그들을 기억한다. 안타깝게도 당시의 감각을 정확히 되살려내지는 못하지만, 어떤 총체적인 이미지가 유령처럼 현재의 대기를 떠돌기 시작한다. 그리고 나는 도무지 손에 잡히지 않는 그것과의 새로운 조우에 필사적으로 매달려 허공을 내젓듯 그 기억들을 다시 불러들인다. 기억의 귀환, 반복과 함께 새로운 생명을 얻고 성장하고 혹은 오랜 망각으로 인해 문드러진 그 형상을 남김없이 드러내서 나를 잠시 뒤흔들게 한다. 기억의 박물관 관장이 되어 나는 시간과 함께 유품처럼 남아버린 그것들 사이를 지나가며 상태를 점검하기도 하고, 까맣게 잊고 방치해둔 그들의 자리를 복구해 하얗게 내려앉은 먼지를 털어내기도 한다. 그들은 과거가 아니다. 분명 이 시간, 여기에 현존하는 특유의 감각이며 실체이다. 또렷이 만져지고 딱딱하게 응고된 채 고정된 자리를 지키고 있지 않다고 하여 실체를 의심받거나 무작정 과거로 돌려버리는 것은 무책임하다.

우리의 시간은 현존하는 실체이다. 편의상 과거, 현재, 미래 혹은 그 무엇이든 소용돌이처럼 내 존재를 감싸고 있을 뿐이다. 그러니 공존 혹은 지속, 중첩되는 시간을 자유롭게 이동하는 것은 전혀 이상한 일이 아니다. 환기. 되돌리고 불러들이는 장치들은 내 바깥이나 내부 어느 곳 하나 경계를 정하지 않고 온통 흩어져 있다. 그러니 어찌 당신을 매 순간, 느끼지 않을 수 있겠는가.

거리 한복판, 당신을 보내고 돌아서서 무명의 인파 속으로 빠지듯 사라져버리려는 순간, 내 뒤를 쫓아 등 뒤로 나를 안아버린 당신의 손길, 폭우가 쏟아지던 날, 내 방문을 열고 들어온 당신의 빗물에 젖은 머리칼과 내 건조한 방바닥 위로 이어지던 발자국. 그리고 나는 여기, 비 내리던 그날 밤을 조금 더 오래도록 이야기하고 싶다.

늦은 밤이었다. 파리에서는 드물게 폭우가 쏟아졌다. 천둥번개가 몰아쳤고 창문을 두드리는 빗소리가 무너질 듯 들리는 밤이었다. 그가 기숙사 앞까지 찾아왔다. 당시 내가 머물고 있던 곳은 가톨릭 재단에서 운영하던 곳이었고 저녁 10시 이후 외부인 출입이 엄격히 제한되어 있었을 뿐더러 남성을 방으로 들이는 것은 더더욱 금지되어 있었다. 이미 자정을 넘긴 시각이었지만 나는 로비를 살금살금 가로질러 조용히 현관문을 열었다. 내 앞에는 남김없이 젖어버린 그가 서 있었다. 우산조차 쓰지 않고 먼 길을 달려온 듯했다. 안경은 처참할 만치 비뚤어져 있었고 빗방울에 젖어 시야가 제대로 보이는지조차 확인할 수 없었다. 그가 입고 있었던 붉은 반팔 티는 젖을 대로 젖어 상체의 윤곽을 고스란히 드러내고 있었다. 나 역시 놀라서 뛰쳐나오느라 하얀 잠옷 하나만 뒤집어쓴 상태였다. 어쨌든 그를 방 안으로 들여야만 했다. 최대한 소리를 낮춰 로비를 가로질러 엘리베이터에 올랐다. 그제야 내가 얼마나 우스꽝스런 몰골로 그를 맞고 있는지를 깨달았다. 나는 차마 시선조차 맞추지 못하고 그 좁은 회색 공간에서 십 년 같은 일 분을 인내해야만 했다.

방문을 열고 들어서자마자 나는 타월로 그의 젖은 머리칼을 닦아주었다. 그리고 그의 셔츠를 벗기고, 자꾸만 나를 끌어안으려는 그를 밀어내며 온몸을 말려주었다. 물기를 머금은 수건과 차갑고 촉촉한 그의 살갗, 그리고 그가 데려온 빗물에 내 잠옷도 젖어들었다. 자꾸만 몸에 감기는 잠옷 위를 떠도는 그의 시선을 의식하며 나는 조금 의아해했다.

당신을 처음 유혹할 때는 말이죠, 어떻게 나처럼 사랑스런 여자를 좋아하지 않을 수 있을까 싶을 만큼 당당했어요. 하지만 지금은 왜 나처럼 초라하고 볼품없는 여자를 당신이 이토록 원할까 생각해요.

연인을 만나고 그의 사랑을 받을 때면 항상 생각했던 것. 나는 지금 아주 큰 선물을 받고 있나 봐요. 아주 멋지리라는 걸 알아서 당장 풀어보지 않을 수가 없네요. 선물을 준 당신과 내 삶에 참 고마워요. 잘 받고 기뻐하고 많이 사랑한 뒤 되돌려줄 거예요. 왜냐면 이 선물은 내 것이 아니라 바로 여기, 이곳을 관통하는 우리 삶의 몫이니까요.

인어 이야기

        어릴 적 읽었던 동화 중 나를 사로잡았던 것은 『인어공주』였다. 그들 모두 행복하게 잘 살았습니다, 라는 공통 언어로 끝나던 세계가 한꺼번에 무너지던 순간의 당혹스러움이란. 하지만 더욱 혼란스러웠던 것은 그럼에도 불구하고 결말이 숨 막히게 아름다웠다는 사실이다. 형체조차 잡을 수 없는 물거품이 되다니. 파도 위를 떠돌다 흔적조차 남기지 않고 공기 속으로 사라질 운명을 맞이하다니. 누군가를 사랑해서 존재가 바스라지고 결국 온몸으로 그가 사는 세상의 투명한 일부가 되어버리다니. 그것은 울 수도 웃을 수도 없는, 아마도 어린 내가 인식한 가장 혼란스런 세상이었다. 그곳을 나는 몇 날 며칠을 헤매고 다녔다. 물거품이 되는 기분을 상상하면서, 물 위를 가볍게 떠다니는 황홀경을 떠올리면서, 온몸이 부서져서 대기에 스며드는 느낌을 그리면서 잠자리를 뒤척였다.

하지만 나이가 들면서 깨달은 게 하나 있다. 이야기에서 가장 중요했던 부분은 어쩌면 비늘이 떨어지고, 지느러미가 갈리고, 두 다리를 얻게 되는 과정의 고통과 관능이 아닐까 하는 것이다. 인어가 다리를 가져야 했던 이유는 간단하다. 수컷의 인간을 사랑하기 위해 그녀에게 필요했던 것은, 두 다리로 상징되었으나 결국에는 그 사이에 자리 잡은 깊은 동굴, 그를 빨아들이기 위해 문을 열어야 하는 암컷의 질이었다는 것을. 문득 두 겹으로 맞닿은 꽃잎이라 불리는 그 신체기관은 어쩌면 잔혹하게 잘려버린 인어의 지느러미와 같은 것이 아닐까 생각했다. 나는 첫날밤에 피를 흘렸고, 참으로 이상하게도, 두 번째 연인과 하룻밤을 보낸 날마저도 침대보를 흠뻑 적실 정도로 피를 흘렸다(생리라고 오해하지 마시라. 정녕 아니었다). 나는 농담 삼아 두 번째 연인에게 말했다.

"새로운 남자를 만날 때마다 처녀가 되는 몸인가 봐."

제물을 바치듯이, 나의 연인에게 피를 바치는 건 아닐까. 어쩌면 피를 찾아 헤매는 흡혈귀의 상징도 사실은 처녀의 비리고 달짝지근한 피의 관능은 아니었을까. 그리고 더 이상 당신에게 바칠 피가 없을 때, 나는 무엇을 건넬 수 있을까. 날카로운 단도처럼 당신의 배를 가르고 내가 속한 왕국으로 돌아가는 티켓을 손에 쥐어야만 하는 걸까.

사랑이라고 부르기에는 너무나 뾰족하고 뜨겁고 위험한 것. 양날의 칼처럼 찌르는 자나 찔리는 자나 너덜너덜해질 수밖에 없는 것. 인간의 관능. 그래서 인어는 관능을 버리고 깊은 바다로 뛰어들어 물거품이 되어버린 것일까.

사랑의 모반

어느 날 둘째가 물었다.

"엄마, 어떤 사람은 벌스 마크birth mark가 있대요. 그런데 나는 없어요."

그때 문득 내 오른쪽 팔 한가운데에 자리 잡고 있는 작은 모반이 생각났다. 얼핏 보면 하트 모양이다. 어릴 때는 그것을 한참 바라보며, 마치 무슨 의미라도 있는 건 아닐까 심각하게 고민했던 기억이 있다. 신께서 내게 내려주신 암호처럼 말이다.

나는 그제야 비로소 그녀에게 내 모반을 보여주었다. 오랫동안 아무에게도 보여주지 않은 비밀을 전하듯이 은밀하게.

"이것 봐봐. 하트 모양이지?"
"아, 정말이네요. 하트 모양이에요."

"엄마는 말이야. 사랑을 주기 위해 이 세상에 왔어. 그 멎지 않는 사랑으로 너를 언제까지나 사랑할 거야. 이게 바로 그 표시야."

둘째는 아주 만족스런 표정으로 내 모반을 바라보았다.

어릴 때는 과연 마음은 어디에 있을까 고민한 적이 있었는데, 그때 내가 내린 결론은 마음은 머리에도 있고, 심장에도 있고, 내 팔 한 가운데에도 있다는 것이었다. 왜냐하면 내 마음은 언제나 여러 개로 나뉘어 있음에도 불균형하지 않으며 그 나름의 법칙으로 굴러가고 있었으니까. 내 머리와 내 심장과 내 팔이 각각 다른 곳을 향하고 있을지라도 나는 그럭저럭 잘 살아가고 있었고, 아니 오히려 그 분열의 순간 가장 살아 있다고 느꼈던 것도 같다.

오래전 누군가에게 사랑한다고 말했을 때 그가 내게 대답했다.

"하지만 너는 다른 사람을 사랑하고 있잖아."
"나는 그도 사랑하고 당신도 사랑해요."
"어떻게 두 사람을 동시에 사랑할 수 있어?"
"나는 사랑이 넘쳐서 당신도, 그 사람도 동시에 흘러넘쳐서 무너질 만큼 사랑할 수 있어요."

그가 믿을 수 없다는 듯 물었다.

"네가 진심인지 내가 어떻게 알 수 있지?"
"이 순간만큼은 진심이에요. 어느 한 순간만큼 가장 진심다운 때가 있나요?"

내가 활짝 웃으며 대답하자 그가 어처구니없다는 듯 웃어 보였다.

아, 나는 얼마나 허물어지듯 내려앉던 그 웃음을 사랑했던가. 만약 누군가 내게 그 시절을 돌이켜 보며 내가 과연 그 사람을 진심으로 사랑했느냐고 묻는다면 대답할 거다. 내 심장 혹은 내 머리 혹은 내 팔 한가운데 어느 하나는 분명 그를 사랑했을 거라고. 그 모든 감각들을 바로 지금 되살릴 수는 없을지라도 그 순간의 진심들은 지나간 사랑의 우주 속을 여전히 비행하고 있을 거라고. 그것으로 충분할 수는 없는 걸까? 나의 사랑하는 딸, 대답해주렴.

연애 예보

　　　　　　　　　　　사랑을 할 때면 나는 항상 일기예보를 주의
깊게 들었다. 날씨를 점치듯 그날의 사랑을 점치고, 계절이 바뀌고 비가
내리고 장마가 지나가듯 언젠가는 지나갈 사랑을 생각했다. 그것이 열
정을 더 뜨겁게 하거나 더 차갑게 하지 않았고, 이별을 더 슬프게 하거
나 덜 슬프게 하지는 않았다. 일기예보는 어차피 잘 맞지 않는다. 믿지
않으면서도 나는 우산을 챙기기도 하고 튕기듯이 맨손으로 나가도 봤
다. 우산을 챙겨간 날 그와 함께 길을 걸을 때면 나는 그를 쉽게 내 우
산 안으로 들이지 않았다. 왜 함께 쓸 수 없느냐고 물으면 이렇게 대답
했다.

"예쁜 여자랑 함께 우산 쓰고 다니면 오해 받아요."

헤어질 때 슬피 울다가도 오래지 않아 다른 누군가를 만났다. 참 이상
도 하지. 분명 슬펐던 것 같은데 그 슬픔은 다 녹아버린 초콜릿처럼 씁
쓸한 뒷맛만 남기고는 감쪽같이 사라졌다.

귀찮다, 다 귀찮다. 연애 따위 귀찮고 그냥 위안만 얻는 관계들만 있었으면 좋겠다고 친구에게 말했다. 문틈으로 바라보고, 당신의 아름다움에 경이로워하고, 몰래 그 뒤를 밟고, 그냥 적당히 텅 빈 채로 살았으면 좋겠다고. 시선만 열어 놓고 몸은 꼭꼭 숨겨 놓고. 어차피 시선은 시간을 가로지르지만 내 몸은 여기에 머물며 시간의 폭격을 그대로 받고 있잖아. 부상자처럼 절뚝거리며 나아가다 이름 모를 전사자로 어디선가 고꾸라질까. 그런 상상 속에서도 문득 치고 들어오는 생각.

당신에게 내 죽음을 알릴 길이 과연 있을까요.

나는 전화기에 뉴욕, 로스앤젤레스, 파리, 서울의 시각을 입력해 두었다. 심심할 때마다 지금 그곳은 몇 시일까 떠올리며 시간을 확인한다. 지금쯤 잠들어 있을 서울의 누군가를, 지금쯤 한창 저녁식사를 할 파리의 누군가를, 점심을 마치고 가벼운 차 한 잔 마시고 있을 뉴욕의 누군가를 상상하며 나는 늦은 오전, 커피를 마신다.

이 순간을 통해 연결되어 있다고 생각하면 가깝지만
저 시간과 공간으로 비껴가고 있다고 생각하면 멀기만 하다.

지금 파리의 저녁은 맑고 쾌청하고
로스앤젤레스의 오전은 구름 한 점 없이 푸르고
뉴욕의 오후는 구름이 끼었지만 맑고 따뜻하며
서울의 늦은 밤에는 바람이 분다.

눈을 뜨자마자
오늘의 날씨를 게시하는 기상캐스터처럼
내 마음이 속삭였다.
오늘의 마음은 그리움입니다.
아침에 쏟아지는 그리움이 오후부터 잠시 마르기 시작하겠으나
저녁 무렵에는 소나기가 쏟아질 예정입니다.
외출을 생각하신다면 우산을 준비하세요.

나는 생각한다.
우산을 들고 나갈까 말까.
우산을 들고 나간다면
그것을 펼까 말까.
혹은
그냥 나가지 말까.

Ⅱ

연애적
인간

나는 연애한다. 고로 나는 존재한다

우연한 기회에 접한 드라마의 한 장면. 소년
은 무대에서 노래를 부르고 소녀는 그를 바라본다. 두 사람은 한동안
티격태격했던 사이다. 그런데 무대 위의 그는 낯설다. 진지하고 어른스
럽다 못해 이룰 수 없는 사랑의 아픔을 노래하고 있다. 낯선 그의 모습
에 당황하다 무심코 깨닫고 마는 것. 소년을 그리워하는 소녀의 마음.
낙뢰와도 같은 사랑의 깨달음에 소녀는 당황한다. 그것은 환희인 동시
에 두려움이다. 지금껏 자신의 감정조차 알지 못해 허둥지둥 끌려왔던
것에 화도 나고 부끄럽기도 할 것이다. 그래서 그녀는 자리를 뛰쳐나간
다. 때마침 장대비는 쏟아지고 있다.
기분이 말랑말랑해지는 느낌이다. 이런 거 좋다. 한국의 여름, 비 오는
날 생각도 난다. 정처 없이 걷다 보면 온몸에 사르르 퍼지던 잘디 잔 소
름도, 우산 밑으로 비껴 내리던 빗물에 젖어 몸에 감기듯 착 달라붙던
옷의 촉감도 생각난다. 그러고 보니 고등학교 때까지는 우산 따위 쓰고
다니지도 않았다. 비가 오는 날이면 그대로 맞고 흠뻑 젖어 집에 왔다.
아무도 없는 집, 한층 어두워진 실내, 창문을 두드리는 빗소리, 비에 젖

어 미끈거리는 발걸음으로 마룻바닥 위를 걸어갔던 기억.

몸과 마음이 어릴 때에는 참으로 사소한 순간에 사랑에 빠진다. 그리고
사랑의 출구를 쉽게 알지 못한다. 사랑에 면역이 없다 보니 쉽게 걸리
고 쉽사리 낫지도 않는다. 어린 시절의 사랑은 난생처음 앓는 병처럼 새
롭고 신기하고 아프다. 어떻게 걸렸는지도 모르는 사이에 이미 호되게
앓고 있는 자신을 발견하기 일쑤다. 기다리는 시간이 길어질수록 사랑
에 더욱 깊이 빠져든다. 상대방과의 관계뿐 아니라 자신과의 새로운 관
계 속으로 정신없이 빨려 들어간다. 회오리처럼 몰아치는 감정들을 이
해할 수 없어 당황하다가 어느 순간 철렁, 깨닫게 되는 것. 그런데 신기
한 것은 이 감정이란 게 마치 오래된 기억, 까맣게 잊었던 기억을 떠올
리는 것처럼 막연하되 무작정 낯설지만은 않다는 거다. 그곳에 있되 차
마 고개를 들지 않았던 그 무엇이, 한 번도 건드리지는 않았지만 구석
에 숨죽인 채 있던 건반처럼 어느 순간 자신의 음정을 알리는 것과 같
다. 갑자기 '도' 하고 소리를 내면, 처음엔 머리가 띵해지고 감각이 멍해
지지만 금세 그것이 '도'임을 알아차린다. 그리고 곧이어 익숙하지만 아
찔하게 황홀한 노래가 시작된다. 물론 무겁고 고되고 쓸쓸한 음정을 반
복할 때도 있다.

시선에서 시작되는 사랑. 어느 순간 누군가를 바라보는 자신의 시선이
달라졌음을 깨닫는 것. 나와 당신과의 거리가 변해버렸음을 아는 것.
사소한 말투의 변화, 짧은 메모 한 장에도 사랑은 무럭무럭 자란다.

가만히 눈을 감으면 나도 모르게 그때 그 순간으로 돌아가버린 듯한 기분이 들 때가 있다. 우연히 귀를 두드리는 음악 소리나 한 순간 달라지는 대기의 움직임만으로도 느낄 수 있다. 어릴 때는 잠들지 못하고 뒤척이는 밤이 찾아오는 날이면, 가만히 내 몸을 벗어나 서투르게나마 마음을 이곳저곳 옮겨 다니며 놀고는 했다. 분명히 마음은 몸을 벗어나 다른 곳에 가 있음을 느끼는데 차마 설명할 길을 알지 못했다. 살면서 다른 시간, 다른 공간에 함께 존재하고 있는 나 혹은 나와 연결된 그 무엇에 대한 생각을 쉽게 놓을 수가 없다. 이곳뿐만 아니라 다른 곳에서도 동시에 존재한다는 느낌. 갑작스레 나를 둘러싼 대기가 변화하는 감각에 코끝이 싸해지는 것. 거미줄처럼 연결된 존재의 고리들이 음악처럼 울리고 있다는 사실.

풋사랑의 건반을 건드린 순간, 그녀는 저 너머 농염한 감각의 음계를 어렴풋이나마 짐작하고 있었을 거다. 아니, 어린 꼬마였을 때조차 찬란하게 저물어가는 저녁노을을 바라보며 사라지는 것의 매혹과 관능을 알았으리라. 우리를 둘러싸고 있는 자연과 삶, 시간이라 부르는 것들은 어찌 보면 이렇게 동시에 많은 것을 보여준다. 데자뷔란 그런 것이 아닐까. 우리의 유전자에 새겨진 기억의 흔적으로부터 우리가 살면서 줄곧 느끼지만 감히 말하지 않는 것들의 무한한 총합, 그것이 한 편의 이미지로 또는 순간의 화음으로 떠오르는 것이다.

그래서 나는 감히 풋사랑의 그녀를 기억한다고 말하는 동시에 풋사랑의 그녀 또한 지금의 나를 기억하고 있다고 말하고 싶다. 나, 그러니까 연애가 얼마나 달고 질펙하고 쓰라리며 찬란한지 거듭 알고 또 알아버린 중년을 달려가는 그녀를 말이다. 연애는 해서 즐겁고 보아서 즐겁고 듣고 들려주고, 쓰고, 읽어도 즐거운 것이다. 인간이 누리는 최고의 쾌락 중 하나이며 영감이자 감각의 증폭제이다. 삶의 깊고 뜨거운 주름이 접혔다 펴지기를 반복하면서 울리는 나와 네가 부르는 가장 아름다운 노래다. 그래서 나는 연애를 하고, 연애를 듣고, 연애를 말하며, 연애를 보고, 또 연애를 쓴다. 나는 연애한다. 고로 나는 존재한다.

연애적 인간

- 눈빛 탐험가

　　　　　　　　　　삶이 바람 빠진 풍선처럼 바닥 위를 가까스로 떠다니고 있을 때, 어떤 영감도 없이 하루하루 스러진다고 느낄 때, 나는 당신의 눈빛을 떠올립니다. 어느 날, 햇빛에 반사되어 드러나던 그 밝은 갈색 빛이 내게 문을 열었지요. 그 찬란하고도 허무한 빛깔 속으로 나는 흘러가듯 그대로 빨려 들어갔습니다.

당신은 알고 있나요. 내가 얼마나 낯선 몸을 두려워하는지, 얼마나 그 이물감에 몸을 떠는지. 낯섦을 넘어서는 것이 얼마나 길고도 고단한 과정인지. 마주할 때마다 서름해지는 당신의 얼굴을 마치 처음 본 시구절을 외우듯 자꾸 떠올리고 또 떠올렸습니다. 하지만 매번 새로 마주치는 당신의 모습은 여전히 어렵기만 했어요. 내 머릿속에서 당신을 그렸던 시간이 너무 많은 탓이었지요. 당신의 얼굴은, 몸은 왜 그토록 구체적이었을까요. 평생을 앞에 두고 있어도 다 읽을 수 없는 책과 같이, 당신의 주름살, 당신의 움직임, 당신의 낮은 어깨를 바라봤습니다. 하지만 나는 당신에게 언제나 예습해도 따라잡지 못하는 열등생처럼 당신이 고단

했어요. 함께 있어 즐거운 만큼 고단했던 당신. 그래서 당신을 향한 내 감정조차 헤아릴 수 없었지요. 하지만 그때 문이 열리듯 당신의 눈빛을 찾았어요. 그 연약한 빛깔이 얼마나 부드럽던지, 내 힘센 두려움을 허탈하게 만들었죠. 그렇게 스르르 무너지듯 나는 당신을 사랑하게 되었습니다.

- 영화적 인간

영화와 연애에는 공통점이 많다. 일상 저 너머로의 은밀한 산책이라는 점이 그러하고, 좌석 혹은 침대로 상징되는 방을 갖고 있다는 점에서 그러하다. 필름 릴이 돌아가고 연애가 시작되면 우리는 그 고유의 속도를 따라간다. 훌륭한 관객, 현명한 연인은 리듬 파악에 능한 사람이다. 부드럽고 유연하게, 미끄러지듯 굽이치는 오솔길을 타고 나아간다.

나는 그 속도 안에서 걷고 뛰고 날고 유영하며 가끔은 지치지 않을 만큼, 가끔은 모조리 소진될 때까지 당신을 매혹할 테다. 언제 끝날지 정확히 가늠하지 못하더라도 상영시간이 정해져 있는, 끝이 있게 마련인 그 길을 어느 영화의 제목처럼 〈거대한 환영(la grande illusion)〉* 을 쫓아 따라가리니.

나는 당신에게 전화를 걸어 속삭이고 싶었어요.
이 도시의 어느 방, 커튼을 내리고서 나를 기다려주세요.
나는 레드카펫처럼 붉은 속옷을 입고 당신 앞에 나타날 거예요.
눈을 뜨고 바라보세요. 붉은 장막이 걷히고 사랑이 시작되지요.

* 장 르느와르 감독, 1937년 작

- 회고적 인간

　　　　　　내가 누군가를 사랑하고 있음을 깨닫는 순
간은 그와 함께 있는 시간을 회고자의 입장으로 바라보고 서술하려 할
때이다. 내 옆에서 밥을 먹고 내 곁에서 잠이 드는 그 사람을 나는 지
나간 자의 시선으로 찬찬히 바라본다. 이미 모든 것이 끝나리라는 것을
아는, 연거푸 살아본 자의 기분으로. 그러므로 언제나, 사랑은 황홀한
절망이고 연애는 좀 더 천천히 지나가려는 몸짓이다. 여기서 섹스는 언
젠가 허무하게 지나갈 사랑에 대한 달콤하고 짜릿한 예행연습이다. 죽
음을 체험하듯 우리는 섹스의 끝, 절대적 암전을 경험한다.

변치 않고 사랑한다는 것과 잊지 못한다는 것은 전혀 다른 이야기다. 내가 삶에서 주목하는 것은 소소한 변화와 움직임, 그 사람 혹은 그때가 아니면 내게 줄 수 없는 특별함이다. 어릴 땐 그 모든 것이 결국엔 사라진다는 사실에 공포를 느꼈고, 이후에는 아득한 상실감을 느꼈다. 그리고 어느덧, 사라짐이 선물하는 존재와 순간의 소중함에 매료되었다. 종국에는 이 모든 감각의 절실함이 나를 세상으로부터 멀어지게 할 것이다. 반짝이는 햇살 아래 떠오르는 세상을 바라보는 창문 속 노인이 되듯.

- 장마를 지나는 도박사와 도주자

드디어 내가 원하던 빗소리가 들린다. 창문을 열어 놓고 있으니 잠이 오지 않는다. 어디선가 들려오는 절규. 사내의 목소리가 빗줄기를 타고 쓰러졌다 바닥에 잠긴다.
장마의 관능에 홀린 듯 젖어버린 나날들이 있었다. 같은 비는 다시 내리지 않듯, 해마다 찾아오는 장마는 모두 달랐다.

어릴 시절 내가 즐기던 놀이는 평형대, 담벼락과 같이 아슬아슬한 경계를 걷는 것. 그리고 무너지리라는 걸 알면서도 뭐든 높이 쌓아 올리는 것이었다. 균형 잡기의 매혹은 기필코 다가오리라는 추락의 예감을 매번 극복하는 순간들에 있다. 매 순간이 절실해지다 양 날개를 펼치며 푸드덕 날아오른다. 긴장이 주는 착각, 살아 있음을 느끼는 찰나의 황홀경.

경계를 걷다가 보란 듯이 도망갈 테다. 기필한 절망을 기필한 매혹으로 되돌릴 테다. 기억을 넘고 넘어 잊힐 듯 바닥에 잠긴, 태초 이전의 삶이 바로 그러했음을 알고 있는 자들이 있다. 그들에게 삶은 도박이 되고 추락을 닮았으나 비상처럼 아득한 도주가 된다. 도박사와 도주자는 그럴 듯한 한 패이지 않은가.

시선의 힘

아이들이 잠들기 전 나와 아이들은 침대에 함께 누워 종종 은밀한 시간을 갖는다. 아이가 둘일 때 가장 중요한 일 중 하나는 아이 한 명 한 명과 짧더라도 엄마와 아이 둘만의 시간을 갖는 것이다. 그때마다 나는 딸의 얼굴을 빤히 들여다보고 시선을 맞춘다. 주로 잠자리에 들기 전에 하지만, 상황이 여의치 않으면 짧은 틈을 이용하기도 한다. 우선 몸을 끌어안고 서로의 온기를 충분히 나눈 뒤 가만히 상대의 얼굴을 바라보며 눈을 마주한다. 딸 아이의 눈이 나를 들여다볼 때까지 기다린다. 자주 하다 보면 아이는 내 신호를 금세 깨닫고 내 눈길을 찾아온다. 아무 말 하지 않아도 좋다. 그냥 서로 바라만 봐도 좋다. 대신 마음속으로 중얼거린다.

'나중에 네가 누군가를 사랑하게 되면 이렇게 그 사람을 바라봐주렴. 가만히 들여다보고 있으면 그 사람의 못 견디도록 예쁜 부분들이, 너무 특별해서 남들에게는 잘 보이지 않는 부분들이 눈에 들어올 거야. 그걸 놓치지 말고 그 사람에게 너만의 언어와 몸짓으로 표현해줘.'

사람의 얼굴은 매일매일 변한다. 늘 주변에 있는 사람도 자세히 관찰하면 변해 있음을 알아차릴 수 있다. 눈두덩이 어제보다 부어 있을 때도 있고, 입매가 조금 더 늘어져 있을 때도 있다. 귓가에 새로 생긴 점을 발견하는 놀라운 날도 있다. 발명자보다는 발견자가 되기를 소원했던 나는 누군가를 사랑할 때면 탐험하는 기분으로 상대방을 살폈다. 그렇게 발견해 가며 미개척지에 이름을 짓고, 아름다움에 서사를 부여한다. 그러면 나도 상대도 서로에게 가장 아름다운 존재로 떠오른다. 발견이 발명이 되는 순간이다. 사람을 사랑하는 일은 이처럼 무한하고도 신비로운 행위다. 세상에서 가장 멋진 남자를 찾기 보다는 곁에 있는 사람 혹은 우연히 마주친 누군가의 놀랄 만큼 멋진 부분을 발견하는 것이 더 황홀할 수 있다.

연애의 고수

성공적인 첫 번째 데이트는 꽤나 어렵다. 그
런 면에서 나는 귀여운 연애고수를 좋아한다. 진정한 연애고수는 유사
선수들과는 비교되지 않게 사랑스러운 종족이다. 그들은 만남의 즐거
움을 알고 어떻게 상대와 조화를 이루는지 본능적으로 감지한다. 더욱
이 그들은 취향 파악에 빠르고 영민해서 상대하기 수월하다. 그들과 보
내는 시간은 유쾌한 경험으로 기억되곤 하는데, 그것은 그들이 눈앞의
상대가 매력적이든 아니든 만남 자체를 즐겁게 여기고 잘 마무리할 줄
알기 때문이다.

그들의 매끄럽고 재빠른 선택을 눈여겨보는 것도 흥미롭다. 즐겁게 마
음을 흔들어 볼 상대, 한 번의 만남으로 충분한 상대, 온전히 빠져들어
봄직한 상대 등등, 그들은 선택하고 실행하고 책임을 다한다. 적어도 그
순간만큼은 가장 절실하고, 필요하다면 전력을 기울일 줄도 안다. 어설
픈 선수들은 자아도취에 빠져 데이트를 이끌려고 하지만, 진정한 고수
들은 관계를 춤을 추듯, 매끄럽게 줄을 타듯, 능숙하게 맞추어 간다. 당

신이 정녕 첫 번째 데이트의 즐거움 혹은 만남의 매혹을 만끽하고 싶다면 진정한 연애고수야말로 최고의 상대가 될 터이다. 물론, 진짜를 가려내는 일이란 참으로 고되고 험난한 길임을 명심해야 한다. 당신에게 타고난 혜안과 감각이 있다면 첫눈에 알아보는 행운을 거머쥘 수도 있다. 그것은 마치 진짜 공주를 가려내기 위해 완두콩 한 알을 침대 밑에 놓아둔 동화처럼 사소하면서도 결정적이다. 그들은 아마도 폭풍우가 치는 밤 당신 앞에 나타나 굳게 닫힌 문을 쾅쾅 두들길지도 모른다. 어찌 문을 열지 않을 수 있겠는가. 부드럽고 따뜻한 마음을 가진 당신이, 빗속의 누군가를 외면할 수 없는 당신이, 그리고 열렬히 혹은 아닌 척하지만 조금씩, 오래도록 그들을 기다려온 당신이 말이다.

연애의 자세

　　　　　　　　　　"너는 어쩌면 그렇게 사람을 잘 사귀니?"

언젠가 평소 친하게 지내던 언니가 내게 이렇게 물었다. 그녀의 말 속에
비난의 의미가 담겨 있음을 감지했다. 남들보다 조금 더 연애를 많이 해
본 나와 달리 그녀는 타인과의 관계에 쉽게 들어서지 못했다.

"바람피우는 마음으로 사귀면 되는 거야."

우스갯소리처럼 대답하면서 속으로는 다른 생각을 했다.

'이렇게 멋지고 사랑스러운 사람이 넘쳐 나는데 어찌 함께하지 않을 수
있겠어요?'
바람피우는 마음으로 사람을 사귀라는 말은 연애와 연애의 대상에게
지나치게 많은 것을 요구하지 말라는 의미로 한 말이었다. 연애를 통해
인생을 바꾸려는 의도로 관계를 시작해서는 안 된다. 연애는 새로운 상

대를 발견하고 헤아리고 좀 더 빠르고 집중적인 방식으로 알아가는 멋진 방법이다. 상대 혹은 연애를 통해 동화 같은 결말을 기대해서는 안된다. 연애는 결과가 아니라 과정이고, 그 과정이 전부인 행위다. 관계가 전면적이기를 바라서도 안 된다. 인간은 결코 어느 누구에게도 전면적일 수 없다. 우리는 둥글었다가도 금세 울퉁불퉁해지고, 끊임없이 변하는 존재이고 상대방도 그러하다. 그 모든 면을 억지로 펼쳐서 온전히 맞닿기를 바라는 연애는 서로를 힘들게 한다. 오히려 순간의 마주침에 집중하고 그 신비를 음미하는 편이 좋다. 완벽한 상대를 찾기보다는 관계를 통해 얻는 변화와 깨달음, 즐거움에 힘을 기울이는 편이 낫다.

여자는 주로 소거법을 통해 남자를 선택한다. 여성의 섬세한 귀와 시선은 그들의 부족한 점, 나쁜 점, 어수룩한 점을 재빨리 감지한다. 똑똑하고 뛰어나고 어느 정도 경험이 쌓인 여성일수록 더욱 그러하다. 그들은 자신에게 어울리는 멋진 남자를 원하고 기다린다. 그리하여 연애의 문은 갈수록 들어서기 힘들 만큼 좁아진다. 하지만 그렇게 시작한 연애는 그 과중한 의미 부여 때문에 지나치게 무거워지기 쉽다. 헤어 나와야할 때임에도 나갈 길을 찾지 못한다. 종종 그녀들은 말한다.

"이런 남자를 또 어디서 찾아?"

연애가 너무 무거워서 자신도, 상대방도, 관계의 즐거움도 압사되어버린 슬픈 순간이다.

처음 대학에 들어갔을 때 법대 선배 몇몇이 내게 했던 말이 있다.

"너는 참 큰일이다. 우리 과나 의대 정도 아니면 어디서 남자친구를 찾겠니?"

그야말로 모욕적인 발언이었다. 남자들이 나를 부담스러워할 거라는 손쉬운 추측과 내가 남자를 사랑하는 기준을 얕보는 행위라고 생각했다. 세상을 자신들이 속한 좁은 엘리트 집단과 그 바깥으로 어설프게 분리해버린, 아직 스무 살 언저리에서 맴돌던 청년들의 치기어린 사고였다는 것을 지금은 안다.

"사람을 어떻게 보고! 세상은 넓고 남자는 많아!"

한편으로는 증명해 보이고 싶은 마음도 있었다. 나는 당신들이 생각하는 기준에 따라 내 삶을, 내 사랑을 선택하지 않을 테니 두고 보라는 마음도 있었다.
시선을 열고 바라보면 내가 보이고 사람이 보인다. 내 욕구를 정직하게 들여다볼 수도 있다. 시행착오를 거치면서 깨달은 것은 내가 남자에게 원하는 것은 따스한 배려와 존중, 그리고 나를 매혹시키기에 충분한 아름다움이었다. 외적인 아름다움도 중요했다. 남들이 말하는 잘난 외모가 아니라 나를 움직이는 아름다움이어야 했다. 지적 능력이나 학벌, 사회적으로 인정받는 빼어난 능력이나 배경 같은 것은 부수적인 문제였다. 어차피 내 인생을 거는 일도 아닌데, 아니 인생을 함부로 다른 누군가에게 없는다는 생각조차 말이 안 되는 일인데, 왜 그리 상대에게 많은 것을 원해야 하는가. 중요한 것은 스스로 불행하고 모자라다고 느낄 때, 그 불행을 무질러주고 나의 모자람을 채워줄 누군가를 찾지 않는 것이다. 불행한 여자는 불행한 연애를 하기 쉽다. 연애는 나에게 쏟아지는 또 하나의 축복 혹은 삶의 깜짝 선물 정도로 생각하면 된다.

이따금 인생은 휴가라는 생각을 한다. 영겁의 시간 속 되풀이되는 고통의 굴레에서 벗어나, 소풍을 떠나듯 이 세상에 잠시 머무는 것일지도 모른다. 그리고 연애는 이 휴가와도 같은 삶에서 반드시 즐겁고 안락하고 마음먹은 대로 따라주지 않는 여정과도 같다. 이때도 여행이 안겨주는 온갖 불편함은 덤으로 따라온다. 더 실수하고 더 헤매고 더 피로해지기도 한다. 하지만 여행을 떠나는 이유는 세상을 열린 시각으로 바라보는 기쁨을 위한 것이 아닌가. 그로 인해 나도 당신도 변할 것이고 세상은 좀 더 풍요로워질 것이다. 물론, 삶이 그러한 것처럼 우리는 돌아올 때를 좀처럼 알지 못한다. 그럼에도 시선을 열고 나와 당신과 우리를 지나치는 풍경을 바라보다 보면, 깨달음처럼 그 순간을 인지할 때도 있으리라 믿는다. 이건 그야말로, 나의 종교와도 같은 시선에 관한 믿음이다.

시선을 열고 자신과 상대방 그리고 우리의 관계가 풍요로워질 나날들을 기도한다.

쉬운 여자의 연애

　　　　　　　　사람들은 여자가 연애를 많이 하거나 성에
관한 이야기를 쉽게 꺼내면 종종 '쉬운 여자'라는 오명을 씌운다. 하지
만 연애도 많이 했고 성에 관해 편하게 이야기하는 여자이니까 쿨하게
만나줄 거라고 생각하면 오산이다. 오히려 연애를 많이 하고 고민한 여
자일수록 자신이 무엇을 원하는지 정확히 아는 경우가 많아서-몰라서
헤매듯 연애하는 사람들도 있지만, 경험은 그녀들을 보다 현명하게 만
들 거다-능숙하게 당신을 거절하는 방법도 잘 안다. 물론 당신에게서
바라는 것만 얻으면 그만이라는 기분으로 만나는 경우도 있겠지만.

사춘기가 시작된 후 이십 대 초반까지 나는 남성혐오증이 상당했다. 어
찌 보면 그걸 극복하기 위해 연애를 했던 걸지도 모르겠다. 어쨌든 연애
를 하는 동안에는 보호구역 안에 속해 있다는 편안함을 느꼈다. 적어도
내가 선택한, 내게 매력적인 남성과 함께 있다 보면, 그 밖의 남성들은
쉽게 잊히거나 무시하기 쉬웠다. 문제는 나의 연인 역시 바깥의 남성들
과 크게 다를 바 없다는 생각이 들 경우인데, 이 문제를 극복하기 위해

서는 상당한 노력을 기울여야만 했다. 그런 면에서 내게 연애는 사랑하
는 이들을 좀 더 편안하게 받아들이기 위해 '남성'이라는 집단을 이해
하는 과정이기도 했다. 처음에는 쉽지 않았지만, 연애가 몇 차례 반복
이 되자 차츰 몸과 마음이 편해졌다. 연애가 거듭될수록 내 자유는 그
폭을 넓혀 갔다. 그것은 짜릿한 환희와 용기를 주었다. 더 이상 뒷걸음
치며 살지 않아도 되리라는 안심이었다. 그로 인해 얻은 삶에 대한 자
신감은 황홀했다. 물론 내 앞의 한 남성을 이해하는 것으로 남성 전반
에 대한 혐오증을 치유하기란 역부족이기는 했다. 어쨌든 그들은 나를
사랑했고 내가 호감을 갖는 상대였으니 불특정 다수 집단 구성원과는
분명 달랐다. 왜곡된 욕망 분출에 당당하고 여성의 욕망 따위는 배려하
지 않는 뭇 남성을 보면 즉각적인 고통을 느꼈다. 그들은 여성을 완전한
개체로 인식하지 못하고 제멋대로 휘두를 수 있는 대상으로 취급하는
데에 익숙했다.

차츰 어른이 되어 가면서 나는 여성으로서의 내 존재를 세상에 보이고
싶었다.

나는 당신들이 원한다고 마음대로 거머쥘 수 있는 물건이 아니랍니다.
이것 보세요. 나는 내가 원하는 남자를 직접 선택하고 사랑하는 사람
이에요.

남들은 유별나다고 하겠지만, 나는 '열 번 찍어 안 넘어가는 나무 없다'
는 말을 싫어한다. 여자에게 거절당해도 계속 쫓아다니면 자신에게 와

줄 거라고 믿거나, 지극한 순정을 바치면 그녀가 나를 돌아봐줄 거라는 맹신은 종종 폭력의 형태로 변질되기도 한다. 일방적으로 사랑을 퍼붓는 것이 사나이의 순정이라고 생각하지 마라. 여성을 자신과 동등한 개체로 인정하고 매혹할 수 있는 남자가 되기 위해 노력하라. 먹잇감처럼 쫓고 함부로 접근하고, 원하니까 차지할 수 있다고 믿는 과오를 범하지 말기를 바란다.

인간은 끊임없이 감탄을 욕망하는 존재다. 감탄의 대상이 되는 일은 중독처럼 즐거우면서도 위험한 일임을 수많은 여성들은 상처투성이가 되어 가며 배워 간다. 감탄의 대상이 되기를 원하면서도 어느 순간 그 감탄의 희생물이 될 수도 있다는 뒤늦은 자각. 오히려 감탄을 유도했으니 결과의 책임을 묻는 사회의 싸늘한 시선이 따를 때도 있다. 이처럼 '쉬움'과 '매혹'의 경계는 아슬아슬하고 위험하다. 자신을 보호하는 것에서 나아가 자신의 욕망과 관능을 이해하고 표현하며 감탄하고 감탄 받는 존재로 살아남는 것은 여전히 많은 여성에게 버거운 숙제다. 그러니 나는 내가 더 이상 욕망의 대상이 되지 않을 그날까지도 연애와 관계를 고민할지 모르겠다. 내 욕망이 살아 있는 한, 나는 나를, 여성을, 남성을, 그리고 인간을 이해하고 싶을 것이다.

연애할 자유, 벗어날 용기

　　　　　　　　언제 어떻게 변할지 모르므로 단정하기는 어
렵지만, 현재로서 결혼은 나를 자유롭게 만든 면이 있다.

우선 기존의 가족으로부터 자유를 얻었다. 삼십 년 동안 그토록 벗어나
고 싶었던 부모님의 정신적 그늘에서 벗어난 것이다. 사실 나는 그들의
잣대에 크게 어긋나지 않는 삶, 혹은 그 잣대를 피해서 나를 숨기고 사
는 데에 급급한 삶을 살아왔다. 남들의 손가락질을 받을 만한 행동으로
부모님 얼굴에 먹칠하는 일만큼 걱정스러운 것은 없었다.

그리고 연애에서 자유로워졌다. 연애 가능성이 있다는 거, 즐겁지만 때
론 피곤하다. 끊임없는 방어전은 물론이고 때로는 공격의 순간도 엿보
아야 한다. 쉬고 싶어도 가능성이 열려 있다는 사실에 어쩔 수 없이 스
트레스를 받는 일이 얼마나 많은가. 그로부터 벗어나니 내 앞에는 시간
이 쏟아졌다. 혼자 사색하고, 놀고, 회고할 수 있는 시간. 예전에는 열정
적 사랑에만 집중하는 삶을 살았다면, 결혼 후에는 모호하고 사소했던
순간들을 되짚어 보는 여유를 즐길 수 있게 되었다. 덕분에 존재감 제
로에 가까웠던 수많은 남자들을 회상 속으로 불러들여 나만의 아방궁

을 세웠다고나 할까. 상상 속에서야 무엇을 못하랴. 앞으로 마주칠 일 없는 남자들은 죄다 연애담의 주인공이 되어주었다.

그런데 바로 여기에 함정이 있다. 이 모호함의 순간들을 즐기는 것은 바로 열정의 순간들을 보내고 이미 정착한 자에게나 찾아오는 여유라는 점이다. 내 인생에 있어 모호한 감정들은 대체로 그것을 겪는 순간에는 처음부터 무시되거나 과감한 정리의 대상이 되고는 했다. 나는 직접적이고 명확한 접근이 아니면 아예 없는 것인 양 그것을 대했고 내가 마음이 있을 경우에는 먼저 나서서 표현하거나 일정 시간 기다려주다가 어느 순간을 지나면 정리하는 쪽을 택했다. 마음이란 참 이상해서, 자르면 잘라지고 돌아서면 돌아서진다. 미련이 남는 것은 대체로 뒷맛을 즐기고 싶어서일 때가 많다.
나는 언제나 연애는 단순하게 하자 주의였다. 물론 그 복잡하고 고통스러운 시간을 즐기고 싶은 순간은 차치하고 말이다. 하지만 그 순간이 임계점에 도달하면 결단의 행위는 반드시 필요했다.

오래전, 친하게 지내던 친구가 있다. 사람들은 나와 그녀의 공통점을 쉽게 찾아내고는 했지만 본질적으로 우리는 아주 달랐다. 나는 복잡한 것을 싫어했지만 그녀는 자신을 혼잡의 고통 속에 빠뜨리는 데 능한 사람이었다. 그녀는 종종 지나간 남자에 대한 아픔을 내게 털어놓고는 했다.

"그 애와 왜 이렇게 되어버렸는지 모르겠어. 정말 그토록 마음이 통했던 사람도 없었는데."

반복되는 그녀의 말을 듣던 나는 어느 날 나도 모르게 독한 한마디를 던지고 말았다.

"그 남자는 이제 네 생각 안 할 거야. 살다 보면 스쳐가는 감정이 이래저래 많은데 거기다 그렇게 미련을 두고 살면 피곤해서 어떻게 해. 다시 가서 사귈 것 아니면 온갖 미사여구로 지난 관계를 치장하는 짓은 그만둬."

평소에는 직설적인 발언으로 같은 여성에게 상처주는 일은 하지 않는다는 원칙을 굳건히 지키고 사는 나였지만, 그때는 정말 그 말을 하지 않을 수 없었다. 결국 친구는 자리를 박차고 나가버렸다. 그녀가 아팠을 수도 있다고는 생각했지만 잡지는 못했다.

이처럼 여자는 서사를 사랑한다. 수많은 연애담을 풀어놓거나 상상하고 그 안에 주인공이 되는 것에서 쾌감을 느낀다. 나 역시 그러하다. 하지만 그것은 유희일 때 매혹적이지 그 이상을 넘어서면 거미줄처럼 존재를 옭아맨다. 답답해진다. 모호함은 자신의 구미에 맞는 서사를 꾸려 나가기에는 꽤나 매력적이지만, 그것이 관계의 표면에 드러날 경우에는 대체로 잘못된 해석으로 나아가기 일쑤다. 나는 내 앞에 수많은 상상의 가능성을 내려놓는 매혹적인 남성들을 지나칠 때마다 한 가지 원칙으로 그 길목을 빠져나왔다. 명확하지 않다면 나를 사랑한다고 하지 말 것. 지금 이 순간을 내게 걸 생각이 아니라면 사랑은 입에도 담지 말

것. 왜냐면, 이 세상에는 진정 제대로 사랑할줄 아는 멋진 수컷들이 존 재하고 있다는 것을 경험으로 알고 있기 때문이었다. 그리고 그와 같은 믿음은 내 인생을 그나마 무겁고 혼잡한 실타래 같은 미로 속에서 즐겁 고 건강하게 지켜주었던 지침표가 되어주었다.

'그는 네게 빠지지 않았어 He's just not that into you.'

이 말은 너무도 유명한 미국 드라마 〈섹스 앤 더 시티 Sex and the city〉에 나오는 대사다. 간 보는 남성으로 인해 우왕좌왕하는 여성에게 이만큼 적절하고도 정확한 조언이 또 있을까.
물론 그는 당신에게 한창 빠져 있을지도 모른다. 하지만 그의 존재가 너 무 복잡하고 무거워서 당신과 함께 있는 시간을 모호함과 간 보기로 일 관할 수밖에 없다면, 그는 그저 당신 인생을 스쳐가는 또 한 명의 행인 에 불과하다고 여겨라. 당신이 모든 것을 극복하고서라도 그 사랑을 쟁 취하겠다는 용기를 내지 못한다면 모호함의 사연 같은 것에 지나친 친 절은 불필요하다.

유부남은 유부녀에게 맡겨라

　　　　　　　　　　내 딸들이 자라서 연애를 할 나이가 되면 꼭
해줄 충고가 있다.

"유부남은 유부녀에게 맡겨라."

내가 제대로 연애 전선에 뛰어든 것은 대학 1학년 때부터이지만 그 뒤
로 줄기차게 유부남과 사귀는 여성들을 목격해 왔다. 남자의 침실을 알
고 사랑할 수 없으면 사귀지 않는다는 원칙으로 연애를 했던 나로서
는 유부남과의 연애는 결코 매력적인 일이 아니었다. 그의 침실에 엄연
히 아내가 있다는 사실을 알고도 그녀의 침실이기도 한 그의 침실을 품
어주고 드나들 자신이 없었기 때문이다. 하지만 의외로 많은 미혼 여성
들이 유부남과의 관계로 갈팡질팡하는 모습을 보아오면서 나중에는 왜
그들이 유부남에게 끌리는지를 이해하기 위한 노력 또한 하게 되었다.

유부남의 매력을 정리해 보면 다음과 같다.

1. 찌질하게 매달리거나 피곤하게 구는 일이 없다.

2. 경제적으로 여유가 있고 사회적 지위도 안정적이라 데이트가 편안하며 때때로 도움이 되기도 한다.

3. 멋지고 현명한 조언을 잘해준다. 인생의 멘토가 되어줄 것 같다.

4. 안정적이고 편안한 느낌을 준다.

5. 다른 남자들에 비해 요구 사항이 적다.

6. 부인과의 불행한 결혼 생활이 연민을 자극한다. 내가 그를 불행으로부터 구원해줄 유일한 탈출구처럼 느껴진다.

7. 이미 약발 떨어진 부인 말고는 다른 경쟁상대가 없다는 생각이 들어 오히려 관계가 편하다. (부인과 나 말고 또 다른 여자를 만나거나 관심을 가지기에 그는 너무 바쁘다)

8. 관계가 어렵고 지켜 나가기 힘들수록, 비밀이 많아질수록 내부적으로 더욱 단단해지고 절박해지는 느낌이다. 이렇게 힘든데도 그가 좋다니, 이 느낌을 운명 말고 무어라고 설명할 수 있겠는가.

9. 당장 결혼이라는 미래가 보이지 않으니 오직 사랑 하나만으로 온전히 결합된 상태처럼 느껴진다. 그에게 바라는 건, 그가 나에게 바라는 건 오직 사랑뿐이다. 이 얼마나 순수하고 지극한 감정인가.

10. 당장 누릴 수 없는 관계의 소소한 즐거움을 '언젠가' 누릴 수 있을지도 모른다는 은밀한 상상, 그리고 그것을 공유할 때의 달콤 쌉쌀한 감동이 꽤나 자극적이다. 절박함을 공유하는 것만큼 관계를 탄탄하게 하는 건 없다. 마치 전쟁터에 나가는 동지애와 비슷하다.

그 외에도 여러 이유가 있고, 위에 든 예 중에서 해당되지 않는 경우도 있을 것이다. 모든 관계는 각기 다르고 함부로 판단할 수 없는 서사를 지니고 있다. 그래서 무턱대고 비난하는 일은 피해야 한다. 이 글은 유부남 혹은 유부남과 사귀는 미혼 여성을 재단하고 비난하고자 하는 글이 아님을 명심해 주기를 바란다. 그럼에도 나는 내 딸들에게만큼은 이와 같은 조언을 전해줄 수밖에 없음을 양해해주길. 왜냐하면 온갖 예외와 다양성 속에서도 무수히 부딪치는 공통점들이 있고 나는 내 딸들이 연애의 자유로움과 즐거움을 보다 편하고 지극하게 누리기를 바라기 때문이다.

그렇다면 위에 제시된 각각의 장점들이 왜 그리 대단한 것이 아닌가를 정리해 보도록 하겠다.

1. 당신의 유부남은 당신에게 찌질하지 않다. 그의 찌질함은 이미 부인에게 적절히 소비되는 중이기 때문이다. 그에게는 생활을 책임져주는 부인이 있다. 집에 들어가면 음식을 차려주고, 배고픔과 자질구레한 욕구를 해결해주는 그녀가 있는 것이다. 인간은 누구나 어느 정도의 찌질함은 배당받은 존재들이다. 단지 그는 자신의 찌질함을 눈감아주는 부인을 둔 사람일 가능성이 크다. 화장실 들어갈 때와 나올 때가 다르다고 하지 않던가. 화장실 다녀온 뒤 당신을 만나는 그는 세상 누구보다도 우아하고 멋진 남자가 되기에 좋은 조건을 갖추고 있다. 아, 그리고 그의 매너, 멋진 옷차림은 대체로 아내와의 결혼 생활을 통해 단련되고 세련되어졌을 가능성이 높다. 당신이 만나는 그 남자는 아내라는 나무의 그늘에 철저하게 가려진 존재다. 어느 날 그늘을 벗어나 햇빛 아래

적나라하게 드러날 그의 존재를 날것으로 발견하면 당신은 엄청난 배신
감에 시달리게 될지도 모른다.

2. 대체로 남자들은 안정적 결혼 생활을 바탕으로 제대로 저축을 시작
하고 일에서도 고도의 집중력을 발휘한다. 총각 시절까지는 여기저기
낭비하던 인간들이 결혼과 함께 저축도 하고 때깔도 고와지는 모습을
자주 목격했다. 적당한 책임감은 남자를 사회에 적절히 적응하도록 만
든다. 그리고 여자들은 사회적으로 안정기에 접어든 남성에게 쉽게 매
력을 느낀다. 그 과정과 배후보다는 결과에 주목하면서. 또한 부인들의
잔소리와 조언을 통해 나름 여자에 대한 이해를 폭넓게 주입받은 그들
은 당신을 상대로 부인에게 받은 이론을 멋지게 실습 중일 가능성이 매
우 높다. 더 나아가 그가 당신보다 나이와 사회적 경험까지 많다면 그
는 능수능란함으로 당신의 판단을 흐려놓기 쉽다. 경험은 배움을 남긴
다. 십 년 전 그의 모습은 지금과 전혀 달랐을지도 모른다. 당신이 혜안
을 가지고 있다면, 십 년 후 당신 앞의 그보다 훨씬 더 멋진 모습으로
변해 있을 또래 남자를 알아볼 수 있을 것이다. 유부남에 시간을 허비
하느니 차라리 십 년 후 눈앞의 유부남보다 멋지게 변해 있을 남자를
알아볼 능력을 키워라. 물론 더욱 중요한 것은 남자를 통해 신분상승
혹은 경제적 불안을 극복하려는 유혹으로부터 단단해져야 한다. 그의
돈과 성공은 그의 것이고 또 일부는 부인의 것이다. 당신은 지금 무단
으로 누군가의 돈과 성공을 갈취 중이거나 조만간 당신 것이 될 수 있
으리라 믿으며 다가가는 중인지도 모른다. 하지만 실체는? 당신은 그저
소비되고 있을 따름이다. 당신을 꿈꾸게 하는 그의 돈과 성공이 그대를

보기 좋게 먹어치우는 중이다.

3. 멋지고 현명한 조언? 그거 당신보다 오래 살다가 여기저기서 주워들은 거 옮겨주는 거다. 부인한테 들은 말 그대로 옮기는 것일 수도 있다. 여자를 행복하게 하는 법은 주로 여자를 통해 배운다. 물론 남들보다 지적이고 현명한 남자, 정말 멋있다. 하지만 그건 그들만의 특성은 아니라는 점을 명심해야 한다. 나이 든 남자에게 매력을 느끼는 여성들 중 많은 경우 또래 남자들이 지나치게 어리고 멍청하다고 생각하는 경우가 많은데, 그녀들에게 정말 해주고 싶은 말이 있다. 세상은 넓고 남자는 많고 그중에는 당신 또래도 많고, 똑똑한 놈도 많다는 사실이다. 주변에 없다고? 그럼, 당신의 삶을 넓혀라. 자꾸 세상으로 더 나아가라. 삶을 살아가는 즐거움 중 하나는 함께 배우고 함께 나누는 것이다. 관계에서 자꾸 무언가를 얻고 관계를 통해 상승하려 하지 마라. 주고받는 관계야말로 가장 건강한 거다. 숭배자나 존경할 대상을 찾고 싶으면 위인전을 읽거나 강의를 들어라. 사랑과 존경 / 숭배를 혼동하지 마라.

4. 그의 가장 기초적인 불안은 이미 가정에서 해결되고 있다. 아무리 그의 불행을 당신에게 호소하고 있다 하더라도 돌아갈 가정이 있다는 것은 안정감을 제공한다. 때로 부인과 대화가 없다고 불평하는 남자들이 있다. 그건 마치 엄마와 대화가 없다고 불평하는 심리와 비슷하다. 그들에게 부인은 또 하나의 엄마일 수 있다. 물론 마음에 안 드는 계모 정도일 수 있겠지만 엄마는 엄마고 그녀가 있는 가정이 혹은 그들이 함께 얻은 아이가 있는 가정이 그에게는 있다. 어찌 되었든 엄청난 안정감의

원천이다.

5. 당연히 당신에게 요구 사항이 적지. 부인으로부터 대부분 해결되는데. 말하기 껄끄럽고 사소하고 귀찮은 걸 도맡아주는 부인이 있으니 당신에게는 우아한 모습을 보이고, 온전한 열정으로 다가갈 수 있는 거다. 1번과 일맥상통.

6. 부인과의 불행한 결혼 생활을 구원할 자는 오직 그 자신뿐이다. 섣불리 당신이 누군가를 구할 수 있으리라 믿지 마라. 불행으로부터 벗어날 동기와 힘은 당사자에게 있을 뿐이다. 계기가 될 수 있다고? 단지 그 계기가 됨으로써 만족할 수 있다면 다행이지만, 당신은 아마 그 대가를 요구하고 있는 중 아닌가? 그의 구원이 반드시 그대와의 결합을 의미하지는 않는다. 자신의 손에서 벗어난 일과 상황을 욕망하는 순간, 당신은 모든 것에서 주도권을 잃게 된다. 함부로 당신과 당신의 관계를, 자신과 분리된 다른 관계의 운명에 맡기지 마라. 그 순간 닫기 힘든 지옥의 문을 여는 것과 마찬가지다.

7. 일시적인 평온함일 뿐이다. 욕망은 자꾸만 새로운 대상을 찾아 헤매게 되어 있다. 대체 가능성을 터득한 욕망은 더 빠르게 대상을 바꿀 준비가 되어 있다. 그리고 일상의 힘, 역사의 질김을 잊지 말 것. 그와 그의 아내는 함께 일상을 살고 있고 그들만의 기나긴 역사의 질곡을 버텨온 관계다. 지루하다고 해도 이미 틀처럼 잡아버린 그 자리를 깨고 나서기란 생각보다 아주 힘들다. 일상을 깨는 것은 열정만으로는 부족하다.

열정은 오히려 일상이 저 한편에 있기 때문에 더 아찔하게 불붙는 수가 있다. 돌아갈 수 있음을 알기에, 소진되기 직전 몸을 누이고 회복할 자리가 있음을 알기에.

8. 9. 10.

유부남들을 사귀는 것에 섣불리 '운명'이라는 말을 들이밀지 마라. 당신은 그들에 비해 지나치게 순진하고 순수한 경우가 대부분이다. 당신과 그들이 서 있는 토대 자체가 완전히 다르다는 것을 명심해야 한다. 많은 경우 바람을 피운 남자들은 상황이 마감된 후, 또 다른 여성을 찾아 헤맨다. 습관적 바람남에게 있어 '운명'은 없다. '습관'과 '중독'이 있을 뿐이다. 상황이 반복되면 반복될수록 그들의 행동은 더욱 과감해지고 선택의 폭은 넓어지며 시작 역시 쉽고 산뜻(!)해진다. 당신은 그 남자의 수많은 바람 상대 중 그다지 특별하지 않을 넘버4 정도 되는지도 모른다는 점을 유념해 두시길. 연애보다 더 가볍고 쉬운 것이 바람이다. 그래서 이름도 바람인거다. 몇 차례 불다 가볍게 훑고 지나가는 것이라서. 강도가 세다고 해도 잡을 수 있는 것이 아니라서. 오직 토양을 뒤흔들고 언제 머물렀냐는 듯 사라지는 것이라서.

당신이 무겁다 하여 상대마저 무거운 것은 아니다. 당장 함께 절실함을 공유한다고 하여 그가 돌아선 후에도 절실한 것은 아니다. 다른 남자 만나면서 유부남과의 관계도 적절히 즐기면 되는 것 아니냐고 말한다면, 유부남 때문에 다른 남자를 만나는 짓이 아닌지 충분히 고민하고 선택하라고 대답하겠다. 당신과 당신의 감정을 낭비하지 마라. 그러기에는 당신의 모든 것들이 너무 소중하다.

그리고 마지막으로 덧붙이고 싶은 말.

유부남은 유부녀에게 맡겨라. 그냥 처지가 비슷한 사람들끼리 몸과 마음이 통해서 그런다는데 무슨 할 말이 있겠나. 어차피 그들의 한계는 그들 스스로 적당히 알아서 극복할 만큼의 눈치와 내공은 있으리라 생각한다. 그 모든 불편함과 복잡함, 귀찮음을 넘어설 만큼 좋은 상대가 나타나서 그런다면 나름 축하할 일이라고 생각한다. 그들은 인생에서 사랑이 아주 늦게, 그리 전형적이지 않은 상태로 등장하는 일이 있다고 믿는, 나름 로맨틱한 인간들이다. 물론 습관적으로 일을 벌이는 남녀들에게는 호의적인 시선은 보낼 수 없겠지만, 그건 그들의 선택이니 상관할 마음은 없다. 바람이 부는 자리에서 두 바람이 만난 거니까.

다만 당신 인생의 특별한 연애 경험을 누군가의 바람으로 낭비하지는 말았으면 좋겠다. 바람이 불고 있는 자리에 함부로 당신의 소중한 인연을 들이밀지 마라. 눈에 먼지가 끼면 지금 당장 그대 곁을 스쳐가는 중요한 것을 모르고 지나갈 수 있다. 통제권을 벗어난 관계에 당신의 소중한 존재를 걸지 마라. 사랑은 마치 제어 불가능한 흔들림처럼 보이지만, 사실은 순간순간 끊임없이 이어지는 선택이며 결정이다. 전장은 바로 '여기'다. 총알처럼 날아드는 사랑이라는 관계들 속에서 적절히 피해 갈 수 있는 기술을 익히는 것도 능력이다. 만일 지금 누군가 그대 마음을 통째로 흔들고 있다면, 그 또한 언젠가는 지나가고 말 것임을 생각하고 또 생각해라. 당장은 끝이 보이지 않는 절실한 감정 같지만 어느 순간 미끄러지듯 넘어가버렸음을 깨닫게 될 날이 올 것이다. 열정은 뜨거운 불과 같아서 순간은 죄다 삼킬 듯이 타오르지만 지나가면 그 온기조차 느껴지지 않는다. 연애를 통해 현명해지기를 바라지만 동시에 현명함으로 연애를 추구하기를. 당신들은 세상에서 가장 멋지고 건강하고 즐거운 연애를 할 권리를 타고 난 사람들이다. 자신의 권리를 함부로 낭비하거나 남용하지 마라.

남자를 사랑한 여자, 여자를 사랑한 남자

만나면 온종일 함께 길을 걷곤 하던 친구가 있다. 우리는 자주 만나지는 않았지만 가끔 연락이 닿으면 어느 곳이든 그 지점을 시작으로 파리의 거리를 정처 없이 걸었다. 밥을 먹고 걷다가 커피를 마셨다. 그러다가 다시 걸었고 지치면 눈에 보이는 카페에서 잠시 휴식을 취하는 식이었다. 종종 와인을 곁들이기도 했고, 비가 내리면 우산을 나눠 썼다. 그와 함께 있으면 음악이 흐르듯 내 안에서 수많은 이야기들이 넘쳐흘렀다. 그 역시 말이 많았다. 그의 이야기는 흥미진진할 때도 있었지만, 이미 들은 노래가락처럼 지루할 때도 있었다. 그럴 때면 나는 그의 목소리 장단에 맞춰 발걸음을 옮겼다.

그는 수많은 여자를 사랑했고, 언제나 좌충우돌 연애기를 진행 중이었다. 나는 만날 때마다 항상 현재진행형이었던 그의 연애담에 귀를 기울였다. 그는 중독자처럼 비슷한 연애에 빠져들곤 했는데, 때때로 나는 그 이야기에 약간의 지겨움을 느꼈다. 음계만 조금 달라진, 같은 곡조의 노래를 연거푸 듣는 기분이었음에도 그의 이야기를 사랑할 수밖에 없었던 이유는 그 속에 담긴 서사를 관통하는 쓸쓸함을 좋아했기 때문이다.

내가 결혼을 하고 두 아이의 엄마가 된 후에도 우리는 오랜만에 만나 하루 종일 산책을 했다. 먼저 떠난 친구의 묘를 방문했고 다시 예전처럼 방향 없이 길을 걸었다. 그는 또 다시 그 동안 벌어졌던 연애담을 쏟아 내었다. 그리고 나는 오래전 그랬던 것처럼 방향을 잃고 빙빙 도는 그의 이야기에 적당한 위안을 얻었다. 그러나 막상 그로부터 예기치 않은 말을 들었을 때는 웃음이 터져버렸다.

"네가 결혼해서 두 아이의 엄마가 되었다니 믿기지가 않아. 어쩐지 너는 말이야, 계속 연애를 해야 어울릴 법한 여자였는데 말이야. 그래서 언젠가는, 프랑수아 트뤼포의 영화 〈여자들을 사랑했던 남자〉처럼 '남자들을 사랑했던 여자'라는 영화 한 편 정도는 찍었어야 할 것 같았는데."

우리는 둘 다 심각한 애정결핍 증세를 앓고 있는 파리의 이방인이었다. 한시도 연애를 하지 않고는 삶을 견딜 수 없었던, 불안한 영혼들이었다. 거미줄을 쳐 나가듯 복잡하게 얽혀 가는 연애 속에서 우리는 결국 포획되고, 버둥거렸고, 그 밝고 찬란한 얽힘 속에서 곡예를 하듯 대기를 휘청거렸다.

〈여자들을 사랑했던 남자〉는 영화를 사랑하듯 여자를, 여배우를, 그리고 그들의 아름다움에 매혹되었던 감독 자신에 대한 연민과 자조가 담긴 영화다. 주인공 베르트랑은 수많은 여자들을 있는 그대로 자유롭게 사랑하는 남자지만, 누구보다도 고독한 부적응자이기도 하다. 그는 고독하기에 여성을 관찰하고 뒤쫓았고, 따라잡기 위해 고독한 응시자의 자리로 돌아가야 한다. 영화 속에서 무엇보다도 인상적인 장면을 꼽으라면 베르트랑이 거리를 지나가는 여성들의 다리를 바라보며 여자 전반에 대해 길게 읊조리는 장면을 들 수 있다. 무엇이 그녀들을 그토록 다르고 특별하게 만들까. 그는 이 질문에 그녀들이 바로 '아직 모르는 여자(l'inconnnue)'이기 때문이라고 설명한다. 그런 그를 어찌 미워할 수 있으랴.

그는 자신의 결핍을 남들보다 좀 더 많은 여성을 아끼고 사랑하는 행위로 채우려 했다. 하지만 결말에서 드러나듯이 그에게는 사랑의 메타포를 완성하고 사라진 '연인'(대문자로 시작되는 '연인 Lover'이다)과의 치유되지 않은 상처가 있었다. 지극한 사랑은 상처를 동반하고 진정한 이해는 이야기가 끝난 뒤에 이룰 수 있다는 아이러니를 그는 본능적으로 알고 있었을지도 모르겠다. 그래서 그는 고개를 휘휘 돌리고 그녀들 속 모든 '여성'에 접근하며 산책하듯 삶을 지나친 것이리라.

한때 긴 산책을 함께 했던 옛 친구에게 나는 무어라고 대답했을까. 큰 웃음이 지나간 뒤 적요해진 자리, 그곳에서 나는 입을 열었다.

"나는 단 한 번도 남성들을 그 존재만으로 충분히 아껴본 적은 없었던 것 같아. 내가 집중했던 것은 '사랑' 혹은 '연애'라는 관념이었을 거야.

그러니까 〈남자들을 사랑했던 여자〉 같은 영화는 애초에 만들 수 없는 인간이라는 거지. 대상은 변해도 내 연애담은 그다지 달라지지 못했어. 매혹이 찾아왔다 떠나가면 쓸쓸하게 남아버린 패배자 그 이상은 아니었으니까. 하지만 언제부터인가 선택을 결심했지. 사랑 그 너머를 선택하기로 말이야. 그건 너무 경건해서 종교적일 지경인데, 매혹이 지나간 자리를 견뎌내기에는 그리 나쁘지 않아. 이제는 내가 돌봐야 할 사람들이 누구인지 알 것 같아. 그리고 살면서 그런 사람들을 또 만난다면 그들을 오래도록 보살필 생각이야. 어쩐지 그런 일들을 나는 '사랑'보다 더 잘할 것 같은 기분이 들어."

그러니까 오래전 숱한 연애들이 나를 지나갔다면 이제 나는 연애를 비껴가거나 횡단해서 선택을 한다. 아마도 나는 베르트랑의 마지막을 서술한 편집자가 되고 싶은지도 모르겠다. 서사를 이해하고 기술하고 정리하는 여자. 당신의 마음을 읽고 당신의 자취를 그려 가는. 결국 나는 연애를 지나 소실점 밖으로 사라지는 대신에 멀리 남아 바라보는 길을 택한 것이다.

III

지상의
침실

잠겨버린 방

"파 맛이 나지 않니?"

네가 처음으로 입을 맞추었을 때 내가 했던 말이었어. 몇 월이었는지 정
확히 떠오르지는 않지만 날씨가 쌀쌀했고 나는 두툼한 코트를 입고 있
었던 걸로 기억해. 파리 오페라 가르니에 근처의 일본 식당에서 저녁을
먹고 나온 뒤 얼마 되지 않아서였어. 좁은 골목길의 어둠 속 가로등 불
빛이 성기게 솟아 있고, 사람들의 자취도 거의 느껴지지 않는 외진 곳
이었지. 특별히 놀랐다거나 당황했던 것은 아니었어. 가슴이 세차게 뛴
다거나 나를 온통 뒤흔들어 놓지도 않았지. 그건 아마도 내가 원하고
기대했던 바로 그 순간은 아니었기 때문일 거야. 어쨌든 너의 숨소리는
희미하게 떨리고 있었고, 보드라운 혀가 내 입안을 조심스럽게 파고들
었지. 나는 방금 전에 먹었던 음식 메뉴를 차례대로 떠올렸어. 메밀 소
바 소스에 파를 듬뿍 말아 넣었는데, 내 입안 구석진 곳에 녀석들이 복
병처럼 숨어 있을지도 모른다고 생각하니 도무지 너와의 입맞춤에 집
중할 수가 없었어. 유체이탈이라도 한 듯 입술을 맞대고 있는 너와 나

를 가로등 전구처럼 내려다보고 있는 기분이었달까. 그래도 빳빳한 재
질의 바지 밑으로 단단하게 솟아오른 네 페니스를 옷자락 너머로 느끼
면서 아직 형체를 갖추지 못한 나의 욕망은 어디쯤에 와 있을까 더듬어
보았지. 타고 떠날 버스라고 생각했지만 막상 제 시간에 오지 않는 그
운명을 야속해하면서.

입을 맞춘 뒤 너는 자연스럽게 내 어깨를 끌어안으며 대로변으로 나왔
지. 거짓말처럼 눈앞에 펼쳐지는 사람들의 무리, 거리를 가득 메운 소
음들, 자동차와 건물들에서 쏟아지는 황홀한 밤의 빛깔들 속에서 너와
나의 입맞춤은 얼마나 사소한 것인가 하고 생각해버렸어. 그런 내게 너
는 오페라 가르니에 옆 택시 정류장에 서서 너희 집으로 함께 가도 괜
찮을지 물었어. 나는 조금 당황하며 한 발자국 뒤로 물러서며 대답했
지.

"아직 잘 모르겠어."

너는 희미하게 웃으면서 기다릴 수 있다고 말해주었지. 내가 생각하는
것보다도 훨씬 더 오랫동안, 어쩌면 내가 지루해질 그때까지도 기다릴
수 있을 거라고 했어.

아주 오랜 시간이 흐른 뒤, 문득 그때의 네 모습이 떠올랐어. 이미 한참
전에 그 지점을 지나와버린 우리들을 앞에 두고서. 그때는 무엇이 너를
그토록 확신에 차게 만들었을까 궁금하기도 하고 한편으로는 그 확신
을 조금은 아파하면서. 너의 열정은 무모하리만치 당당했지만 그만큼

아슬아슬했던 것이었겠지.

내가 드디어 너의 방에서 밤을 보내게 되었을 때에도 나는 여전히 혼란스러웠던 것 같아. 내 온몸에 두드러기처럼 솟은 쾌감이 훑고 지날 때조차 나는 나와 너의 바깥세상 어딘가를 서성이고 있었으니까. 네가 훗날 지적한 것처럼 열정이라는 촉매가 한심할 정도로 부족했을지도 모르지. 그럴수록 나는 더 내 몸의 감각에 몰입하고 매달렸어. 네 몸을 샅샅이 탐험하고 욕망하고 고통인지 쾌락인지 알 수 없을 때까지 너를 받아들였지. 고백하건대, 요즘도 벼락처럼 머리에서 온몸으로 퍼져가는 알 수 없는 쾌감에 슬며시 몸을 떨 때가 있어. 차츰 횟수가 뜸해지고는 있지만. 상대방의 얼굴은 떠오르지 않고 오직 행위만으로 기억되는 순간들. 그야말로 혼돈된 섹스의 기억들이야. 움직임 자체는 세세한 부분까지 떠오르지만 상대의 얼굴은 쉽게 보이지 않아. 옛 연인의 얼굴을 그 안에 넣어 보려고도 하지만, 가만히 생각해 보면 그건 그저 쾌락의 기억일 뿐 그 이상은 아닌 것 같기도 해. 감각은 놀라울 만큼 정직할 뿐 아니라 자기 안의 기억 장치를 따로 마련해 두고 있는 건 아닐까. 그 안에서 너와 연결되어 있는 즐거움을 가려낼 수 있을까. 기묘하게 정지된 이미지와 다소 엉뚱한 클로즈업, 너의 일그러진 얼굴 혹은 숨소리와 탄성들은 차츰 희미하게 지워지고 생략되고 간결해지면서도, 남아 있는 세부가 확장되고 성장하면서 오히려 그 모든 것과 무관한 밑그림 하나가 그려지기를 반복할 뿐이야. 나의 쾌감의 도표 안에서 네 좌표를 찍어보는 것은 사실상 불가능한 일이 되어버린 것 같아. 어쩐지 아쉽고 또 슬프네. 정중히 애도를 표하고 싶을 만큼.

그래도 내게 남아 있는 리스트가 하나가 있어. 내 가슴을 뛰게 했던 너의 신체에 대한 목록. 둔중하고 뜨거웠던 페니스(부디 친애하는 옛 친구에게 안부를 전해줘), 거만한 듯 피곤한 듯 살짝 내려앉은 눈꺼풀 밑으로 보이던, 불빛에 정교하게 반응하던 갈색의 커다란 눈동자, 그리고 섬세하고 아름다운 얼굴을 배반하듯 넓게 펼쳐졌다 곧은 각을 그리며 떨어지는 어깨선, 너를 떠올릴 때마다 내 코끝을 자극하던, 지금은 아득해져버린 깊고 은밀한 체취, 매끄럽고 단단한 피부 위로 짧지도 길지도 않게 결을 따라 흐르던 부드러운 체모들까지.

너는 상당히 그럴 듯한 연인이었어. 뭐랄까, 어딘가 퇴폐적인 기운이 폴폴 넘쳐서 침실의 연인 그 이상은 되어서는 안 될 것 같은 부류였지. 쾌감 그 이상으로 너를 받아들인다면 아름다움에 대한 모독이 될 것처럼, 철저하게 욕망하고 즐기고 탐험하고, 침실이라는 공간을 끝없이 확장해서 그 바깥은 소멸시켜버리는 사람이었지. 그래서일까, 나는 침실 안에서만 비로소 너와 자연스럽게 어울릴 수 있었던 것도 같아.

이제는 정확히 어디에 있었는지조차 기억나지 않는 너의 첫 아파트의 구석진 침실에서 눈을 뜰 때면 너는 이미 조용한 아침 일과를 끝내고 회사에 출근한 후였지. 네가 없는 너의 공간은 그때까지만 해도 낯설고 조심스러운 곳이었어. 서둘러 준비를 하고 바깥으로 나올 채비를 갖춘 뒤 현관문을 열고 나서려는데, 문은 바깥에서 잠긴 채 열리지 않았어. 한참을 문 앞에서 서성거리다가 네게 전화를 걸었지.

"문이 열리지 않아."

너는 잠시 당황하지만 이내 정중한 사과의 말을 건넸지. 집을 나오면서 습관처럼 문을 열쇠로 걸어 잠근 모양이라고. 바깥에서 잠그면 안에서 는 열 수 없는 문이었기에 나는 열쇠를 가진 네가 돌아올 때까지 그 안 에 꼼짝없이 갇힌 형국이었어. 너는 이제 막 시작되는 회의에 들어가는 길이라며 조금만 기다려줄 것을 간곡히 부탁했지. 나의 아침은 그대로 네 아파트에 갇힌 포로가 되었어. 너의 냉장고 문을 열어 아침을 해결 하고 네가 읽다 만 책을 뒤져보면서 천천히 시간을 흘려보냈지. 그런 날 들이 몇 차례 반복되면서 나는 너의 글씨가 군데군데 남아 있는 책들 을 네 뒤를 밟듯 쫓아 읽어 나갔어. 가까스로 알아볼 수 있을 만큼 형 클어진 너의 필체에서 야릇한 흥분을 느끼기도 했지. 아주 은밀한 곳에 살짝 닿아버린 느낌이었달까. 네 머릿속을 헤아려 가며 너의 진도를 맞 추어 간다는 상상은 나를 무척 뿌듯하게 했어. 때로는 아침 햇살에 남 김없이 드러나는 나의 초라한 몸을 침대 앞 커다란 거울 앞에 서서 찬 찬히 몸 구석구석을 확인해보기도 했지. 성기 주변에 남아 있는 아릿한 통증과 짜릿한 포만감의 기억은 아침의 체모처럼 헝클어져 있었어. 마 치 이제는 더 이상 소용없어진 물건을 바라보듯 내 몸을 점검하고 뜻밖 의 낯설음에 당황하고 아무것도 달라 보일 것 없는 이곳에서 전날 밤 벌어졌던 다소 특별했던 기억들을 더듬어 보기도 했어.
그때 문이 열리는 소리가 들리고 서늘한 바깥 공기가 아파트 안을 비집 고 들어섰지. 사과의 말을 연신 퍼부어대고 있지만, 너의 얼굴은 차마 웃음을 숨길 수가 없었어. 무엇이 그리 재미있는지 너는 부르릉 몸을 떠는 엔진처럼 낮은 웃음을 뱉어 냈지. 다음부터는 조심하겠다고 재차 약속했지만 너는 다음 날도, 그 다음 날도 문을 걸어 잠그고 아침 일을 떠났어. 그리고 잠시 후 돌아와서는 나를 품에 안으며 말했지.

"내 잠재의식을 표현한 것뿐이야. 너를 이대로 가둬 놓고 싶어."

하지만 몇 차례 실수가 반복된 뒤 너는 문을 나서며 확인하듯 외쳤어.

"문 잠그지 않고 나간다."

나는 그렇게 네가 떠나는 소리를 들으며 아침을 시작했지. 늦잠을 놓쳐 버린 아침은 더 이상 네 냉장고와 거울과 침대 밑의 책을 벗 삼아 느긋한 하루를 열 수 없게 되었어. 네가 지나간 그 계단을 홀로 밟고 내려가면 지독하게 낯선 거리와 아침 햇살이 눈앞에 펼쳐졌지. 나는 한숨처럼 처량하게 이른 하루를 시작했어. 조금은 꽁꽁 갇힌 그 아침을 그리워도 하면서. 어쩌면 나는 네 작은 아파트의 고양이가 되었을 수도 있었을 텐데. 조금만 더 내가 나를 가두어 두었더라면. 하지만 밖을 나서니 발걸음은 어느새 날듯이 경쾌해지고 네가 나를 누르던 중력은 증발하듯 날아가버려. 거리를 걷다 보면 어쩔 수가 없는걸. 모든 것은 그렇게 지나가버렸어. 매일 다시 잊고 시작하는 그 날들을 이제 나는 젊음이라고 부르지만. 너와 함께 보낸 젊음은 어디에 도착했을까. 반송되지 않은 편지가 이토록 아쉬울 때가 있을까. 내가 그리운 건, 젊음일까 너일까.

낭트의 추억

바람이 불고 하늘이 푸르다. 몸에 닿는 대기의 감각이 서늘하다. 종종 그날의 날씨와 체감온도에 따라 빨려들 듯 그 시간 그곳으로 나는 되돌아간다. 청명한 햇살을 가르며 차를 달려 집으로 돌아오던 나는 십 년도 훌쩍 지난 어느 해 가을의 낭트를 방문한다.

영화제가 열리는 시기의 도시는 한창 분주했다. 골목 곳곳을 누비는 사람들의 발길, 영화관을 꽉꽉 채우는 열기, 그리고 일정이 마감되는 늦은 밤 모두들 시내 중심가의 광장 한복판에 자리 잡은 '라 시갈'이라는 식당에 매일같이 모였다. 갈매기 식당이라는 뜻이다. 그곳에 모이는 멤버들은 영화제 기간 동안 거의 정해져 있었다. 이제 막 영화나 방송 분야에서 자리 잡기 시작한 이십 대 후반에서 삼십 대 초반의 젊은 청년들로 식당 안은 늘 붐볐다. 나는 그들 중 한 사람의 연인이었다. 우리는 하얀 식탁보가 덮인 테이블을 모조리 붙여 놓고 포도주를 마시며 때늦은 저녁을 먹고, 그날 보았던 영화에 관한 이야기를 나누었다. 하루는 그렇게 마감되어야 했다. 달콤하고 노곤한 밤이 부드럽게 위장을 타고 들었다. 멀리 레바논에서 온 손님들도 있었다. 배우와 감독. 그들은 이미 서로의 존재를 알고 있었다. 그곳에서 나는 어쩔 수 없이 이방인이었다. 그들이 함께 보낸 지난 4, 5년간의 시간을 나는 알지 못했다. 하지만 나는 어느새 살아남는 방법을 체득하고 말았다. 어디를 가든 남다른 적응력을 가진 인간답게. 나는 그곳에서 매혹적인 이국의 여자이고 만다. 그들은 나를 종종 황홀한 눈길로 바라보았다. 그러면 나는 그들의 시선을 이리저리 옮겨 다니며 공중곡예를 펼치듯이 아슬아슬한 기분에 사로잡히곤 했다. 아른거리는 실내의 불빛을 등에 지고 우리들은 뿔뿔이 흩어졌다. 나와 그는 좁은 골목길을 굽이굽이 지나 숙소로 돌아왔다. 나는 그곳에서 연인의 성을 따랐다. 마담 L. 벨보이도, 카운터의 사나이도 나를 그렇게 불렀다.

자신이 젊고 아름답다는 사실을 누구보다도 잘 알고 있는 두 남녀가 한 침대를 파고든다. 우리는 상대방을 바라보며 동시에 자신을 본다. 내가 너를 곁에 두고 있다는 것이야말로 내가 아름답다는 것을 증명한다. 너는 누구보다도 아름답다. 오직 나만이 너를 이토록 가까이 둘 수 있다. 아니, 그렇게 믿고 싶다. 열정은 어딘가 어울리지 않는다. 그러기에는 우리는 둘 다 자기애의 미련한 노예들이다. 지독히도 빠져 있다는 사실을 결코 알릴 수가 없다. 네가 완벽한 만큼 나 역시 흐트러질 수 없다. 모든 것은 숨이 막힐 만큼 온전하다. 매일 아침 새것으로 교체되는 백색의 시트처럼 한 점 구김 없이 반듯하게, 우리 몸에 깔리는 서늘하고 매끈한 감촉처럼. 그리고 나는 이토록 매끄러운 하늘과 서늘한 대기를 느낄 때면 바로 그 침대, 그 도시, 너의 감각을 다시 떠올리고 마는 것이다.

그럼에도 불구하고.

그 숱한 밤들, 정처 없이 거닐던 도시의 거리들, 춥고 따뜻하고 쌀쌀하고 무더웠던 날씨들을 지나쳐서 보고 말았던 너의 황홀한 시선, 찌를 듯한 감각. 숨기려고 해도 불쑥불쑥 드러나고 말던 그 눈빛에 나는 그만 숨 쉬는 법조차 잊어버린 미숙아가 된 심정이었다. 너는 그렇게 낚아채듯 나를 새로운 세상으로 안내했다. 나는 새로 태어나듯 너의 품에 안겼고, 어쩔 수 없이 지금도 가끔 네 시선을 떠올리고 만다. 지난 기억 따위는 모조리 지워버리는 눈빛. 수줍은 매혹, 도무지 외면할 수 없어 그 자리를 맴도는 두 눈. 마치 매 순간이 처음인 듯 보고 또 봐도 모자란 얼굴이었다.

다시 너를 마주한다 하더라도 그 시간을 되돌릴 수는 없을 것이다. 우리는 이미, 그 자리에 모든 것을 묻고 떠나왔다. 매 순간을 지나치며 우리는 조금씩 죽어 갔고 다시 새롭게 태어났다. 이제 우리는 서로에게 낯설다. 과거와 현재는 평행을 달리는 세상이다. 서로의 존재를 짐작하더라도 결코 마주칠 수는 없다. 그래도 나는 종종 배반하듯 그 자리로 떠돌 듯 돌아간다. 거기에는 여전히 나를 온통 경이롭게 바라보는 네 눈빛이 있다. 떠난 이후에도 그곳에 남아, 시간을 먹고 또 자라서 햇살처럼 그곳을 모조리 덮어버린 시선이다. 황홀함은 그렇게 완성되었다.

새 연인의 다락방

사실 섹스라는 행위보다도 서로의 알몸을 드러내는 일이 더 어렵다. 섹스는 서로의 몸을 제대로 보지 않고도 가능하다. 반면 날것의 몸을 드러내고 그 전부로 상대방의 몸을 느낄 준비를 하는 것은 일종의 경건한 의식에 가깝다. 살면서 알몸을 보이고 싶은 상대를 자주 맞이하기는 힘들다. 어쩔 수 없는 상황에서 옷을 벗는 것과, 진심으로 당신에게 보여주고 싶어 옷을 벗는 것은 전혀 다른 일이다. 내 온몸으로 매혹하고 싶은 누군가를 만난다는 것, 그리고 내 몸을 다 드러내도 부끄럽지 않을 안전함을 느끼는 것은 정말 멋지고 의미 있는 일이다. 결점 하나 없어 보이는 그의 아름다운 몸이 시간과 순간의 변동 속에서 절대성을 유지하지는 못한다는 사실을 알게 되는 것 또한 아찔한 쾌감으로 다가온다.

언젠가 나는 옅은 조명 아래서 나를 부둥켜안은 새 연인의 긴 사지가 만들어 낸 거미 같은 그림자의 움직임을 보며 기묘함과 낯설음을 느꼈다. 그는 수줍고 조심스럽고 다정한 남자였다. 그는 언제나 처음은 자신을 긴장시킨다며, 만약 오늘밤 내가 원하는 만큼의 만족을 주지 못한다 해도 용서해줄 수 있는지를 물었다. 첫날밤을 보내고, 좀 더 익숙해진 다음이라면, 더 잘할 수 있을 거라는 말도 잊지 않았다. 나는 그의 물음에 위로를 받았다. 그의 연약함이 내 몸을 조금 더 열리게 했다. 새로운 몸을 발견하고 거기에 내 몸을 맞추어 가는 과정만큼 경이로운 순간이 또 있을까. 그의 성기가 내 몸에 들어왔을 때 그의 신체에 맞추어 적절히 깊이와 넓이를 조절하는 몸의 자연스런 반응을 나는 사랑한다. 절대 놓치지 않을 듯, 때로는 잡을 듯 말 듯 풀리지 않을 움직임으로 절박하게 혹은 안타깝게 그를 빨아들인다.

격정적인 섹스가 있는가 하면 한낮의 달콤한 낮잠처럼 나른하고 템포가 느린 섹스도 있다. 우리는 밤이 깊도록 몸을 맞대고 흥분과 가라앉음의 순간을 반복하며 끊일 듯 끊이지 않는 이야기를 나누었다. 그의 몇 년 전 여름, 그리스 여행의 추억을 물결 타듯 듣는다. 쾌감으로 몽롱해진 머릿속으로 그곳의 코발트 빛 하늘이 선명하게 떠올랐다 사라진다. 문득 내가 어디에 있는지 알 수 없다는 생각을 한다. 도시의 낯선 다락방, 시간을 종잡을 수 없는 어두운 공간, 별처럼 촘촘히 박혀 있는 지난날의 기억들과 안개처럼 몽롱한 쾌락 사이를 정처 없이 유영하고 있다. 언젠가 모든 것이 멈출 것이다. 어느 지점, 어느 자리, 어떤 모습으로 이 모든 것이 정지화면을 맞이할지를 상상한다. 나는 모든 것이 끝난 지점에서 과거를 회상하듯 현재를 살고 있다. 그러므로 현재만큼 낯선 것은 없다. 세월의 더께가 절실한 순간이다.

우리들만의 섹스 비디오

나는 사회적 이슈가 되었던 섹스 비디오를 한 번도 접한 적이 없다. 보고 싶지 않아서였다. 그들이 원하지 않은 자리에 구멍을 뚫고 내 날것의 눈을 들이밀 호기심 따위는 없다. 나는 지금도 남을 몰래 보는 것이 어색하고 부끄럽다.

파리 유학 시절 소형 비디오카메라 한 대를 샀다. 아마도 유학 기간 동안 가장 큰 사치를 부려본 게 아닌가 싶다. 뭔가 찍겠다고 사긴 했는데, 막상 카메라를 들고 거리로 나갈 생각을 하니 어색하기 짝이 없었다. 대신 집 안의 나를 찍었다. 아파트 구석, 커튼을 열지도 않고 불도 켜지 않은 어두침침한 공간에 카메라를 설치했다. 녹화 버튼을 누르고 아파트 문을 열고 나간 다음, 다시 문을 열고 들어왔다. 평소처럼 거실을 지나가며 옷을 벗었다. 카메라의 시선을 향해서 그대로 입고 있던 원피스를 끌러 내렸고 속옷까지 모두 풀어버렸다. 동영상은 그렇게 끝났고 그 다음을 채워 넣을 차례였다.
그날은 연인을 처음으로 내가 사는 아파트로 초대하는 날이었다. 평소의 나는 사람들을 내 집에 들여놓는 데 인색했다. 두 달 전 헤어진 연인은 단 한 차례도 우리 집을 방문한 적이 없을 정도였다. 나는 내 공간에 민감했다. 그러니 오늘 내 공간에 들어올 당신은 대가를 치러야 한다. 나는 그가 문 앞에서 벨을 누르는 순간 카메라의 녹화 버튼을 눌렀다. 어두운 구석에 몸을 숨기고 있으니 조금만 조심하면 그가 전혀 눈치 채지 못하게 할 수 있었다. 물론 끝까지 숨길 생각은 없었다. 목표를 달성하면 그에게 보여줄 생각이었다.

그가 문을 열고 들어섰을 때 나는 그의 손을 잡고 카메라에 잘 잡히는 곳으로 이끌었다. 그가 먼저 손을 대기도 전에 나는 알몸이 되었고, 천천히 그의 옷을 벗겼다. 행위가 끝난 다음 나는 당연한 차례라도 되는 듯 카메라가 설치된 자리로 가서 정지 버튼을 눌렀다. 당황한 기색이 역력한 연인은 할 말을 잃은 채 나를 바라보았다.

"같이 볼래? 원한다면 다 보고 난 다음에 지워도 돼."

나는 뒤를 돌아보며 말했다.

"녹화가 되는 줄 알았다면 아무것도 시작하지 못했을 거야."

그가 말했다. 하지만 막상 함께 비디오 화면을 보기 시작했을 때는 오히려 나보다도 그가 더 상황을 즐기는 눈치였다. 우리는 서로에게 진지한 조언까지 던질 만큼 자연스러워졌다.

"여기서는 엉덩이를 좀 더 들어 올리는 편이 좋았을 것 같아."

뭐, 이런 식으로. 즐거움을 찾는 길을 함께 시작했다면 끝까지 나아가
는 편이 좋다. 얼마만큼 나아갈 수 있는지 서로를 자극해 보는 것도 여
정을 더욱 유쾌하게 만드는 일이다. 그런 면에서 우리는 아주 잘 맞았
다. 그와 나는 서로에게 몸을 드러내는 데 편안해했다. 그것은 자신의
몸을 아름답게 여기느냐 아니냐 와는 관계없는 문제였다. 존재 자체에
대한 자연스러움, 그 이상을 가지지 못했음에 안타까워하지 않는 마음,
그리고 그 모든 것을 안전하게 누리게 하는 다정하고 매력적인 상대. 물
론 이것은 개인적 공간, 단 둘만의 공간에서 소모될 것을 전제로 할 때
이다.
그날 하루는, 롤링 스톤즈의 음악을 틀어놓고 춤을 추고, 밥을 먹고, 천
도복숭아를 베어 물면서 서로에게 카메라를 들이대는 것을 잊지 않으
며 온종일 집 안에서 보냈다. 나중에는 찍는 행위만 있고 함께 보는 행
위는 생략했다. 우리는 서로를 인터뷰하기도 했다. 어릴 적 경험에 관
한 것들이었다. 그는 카메라를 들고 있는 나를 바라보며 오래전 빙판을
걷다 얼음물에 빠진 일에 대해 이야기했다. 삼촌이 그를 구해줬고 금세
따스한 담요에 감싸진 채로 벽난로 곁으로 옮겨졌다. 할머니가 타준 핫
코코아의 깊고 걸쭉한 맛을 그는 다음과 같이 묘사했다.

"온몸은 물론이고 심장까지 다 녹아들 것 같은 기분이었어. 그래서 얼
음물의 감각을 떠올리면 자동적으로 벽난로의 온기와 코코아의 진한
맛이 함께 떠올라."

연애도 그럴 것이다. 돌이켜 보면, 양립하는 감각들이 맞닿아서 도무지 떨어질 기미를 보이지 않는 것. 아픔과 환희, 고통과 슬픔이 얽혀버려 그대로 온전해지는 감각.

그날 그는 내게 다음과 같은 말을 전하기도 했다.

"내 존재에는 세 겹의 층위가 있어. 대부분의 사람들은 보통 세 번째 단계에서 받아들이고 그 이상은 절대 넘어오지 못하게 하지. 내 인생에서 두 번째 층위까지 넘어온 사람은 아마도 소수의 오랜 친구들 정도밖에 없을 거야. 너에게 신기한 점은 말이야, 처음부터 세 번째 단계를 거치지 않고 바로 두 번째 층위로 들어와버렸다는 거야. 내 마지막 층위에는 나 혼자밖에 없어. 어쩌면 그곳에 네가 들어올지도 모른다고 생각해."

나는 침대 위에서 그의 팔을 베고 누워 세 겹으로 채워진 동심원을 떠올렸다. 꽁꽁 언 빙판 위, 깨져버린 얼음 사이, 차갑게 출렁이는 파란 물. 그 위로 일렁이는 세 겹의 동그라미들. 하지만 난 곧바로 다른 가능성을 생각했다. 그 빙판을 걷다 보면 다른 지점에서 얼음이 깨지고 차가운 물속, 예상치 못한 자리에서 빠져버릴 수도 있지 않을까. 그리고 과연, 내 예감은 틀리지 않았다. 나는 비디오를 남기고 두 달 전 헤어진 옛 연인 L에게로 돌아갔다.

그로부터 얼마 뒤 한국에서 연예인 비디오 사건이 터졌고 지레 겁을 먹은 나는 모든 동영상을 지워버리기로 했다. 무작정 지우지는 않고 어느

저명한 영화 이론가를 인터뷰하는 데 사용했다. 내 동영상이 지워지고 그 자리에 촘촘히 끼어드는 이론가의 진지한 담론이라. 내 섹스 위에 영화 이론을 덮다니, 꽤나 멋진 담요를 얻은 기분이었다.

미련은 힘이 세다

헤어진 연인의 연락에 리모컨 조종이라도 받은 듯 그대로 약속 장소에 나가고 마는 심리란 무엇일까.

해외로 여행을 떠났다가 집으로 돌아왔을 때, 생각지 못한 구석에서 미처 다 쓰지 못한 여행지의 돈을 발견할 때가 있다. 액수가 상당하다면야 다시 바꾸겠지만, 무시하기에는 액수가 많고 바꾸기에는 너무 알량한, 그러니까 오백 원짜리 동전이 수십 개쯤 된다고 상상해 보자. 여행을 하다 보면 그 나라의 돈에 익숙하지 못해서 꽤나 큰 액수의 동전을 달고 돌아오는 수가 적지 않다.

미련이란 그런 것이다. 큰 액수는 아니지만 무시하기는 어렵고, 액수에 비해 그 무게가 너저분할 정도로 무거운 외국 동전 같은 것. 그 사람을 더 사랑해서도 아니고 못 잊어서도 아니다. 다 쓰지도 못하고 돌아온 크지도 적지도 않은 돈 때문에 뒤돌아서기 찝찝한 기분 정도랄까. 다시 올 일은 없으리라 여기며 떠나온 나라인데, 어쩐지 그 돈의 중량감이 자꾸 돌아보게 하는지도 모른다. 마치 이상한 주문에라도 걸린 것처럼 그 야릇한 무게야말로 우리를 흔들리게 한다. 혹은 한 달을 예정으로 떠났는데 갑작스런 사태로 이십 일의 체류를 끝으로 떠나야만 했다면 남은 열흘에 대한 미련이 두고두고 남아 자꾸만 아쉬움이 밀려드는 것처럼 말이다. 내가 헤어진 연인에게 느끼는 감정은 미처 내 마음이 무엇인지 갈피를 잡지 못하는 혼돈의 상황에서 그대로 관계를 마감했을 때 밀려드는 어정쩡함일 수도 있다. 오줌을 싸다 중간에 끊고 나오거나, 살살 눈치를 봐 가며 소리가 새나가지 않게 속도와 강도를 조절하던 중이었는데 화장실을 나가야만 할 때와 마찬가지로 개운치 않은 기분. 그래서 예상치 못한 순간에 이별을 맞은 연인들은 헤어진 자리를 종종거리며 어쩔 줄 몰라 하는 건 아닐까. 막상 다른 자리를 찾아 일을 끝낼 수 있으리라는 생각이 그때 그 순간에는 도저히 떠오르지 않아 공황 상태를 겪는 것처럼 말이다.

한국제 콘돔

　　　　　　　지금까지 살아오면서 내가 연인이라고 여겼
던 사람은 단 세 명뿐이다. 세 사람 중 마지막 남자는 연인에서 남편이
되었다. 그리고 그들 중 남자친구라는 말보다 연인이라는 말이 더 잘 어
울렸던 사람이 있다. 과거 연인들을 떠올리면 가장 먼저 머릿속에서 튀
어 오르는 그는 Lover의 맨 앞 철자처럼 늘 내 마음 한 구석에 대문자
L로 기억된다.

L을 처음 만났을 때 느꼈던 알 수 없는 흥분을 나는 여태껏 생생하게
기억한다. 우리는 연인이 되기 전 두 차례 마주칠 기회가 있었다. 처음
만나고 일 년이 지난 후에 다시 만난 우리는 짧은 순간 서로의 존재를
충분히 의식할 만큼 강력한 매혹에 사로잡혔다. 그리고 어스름이 깔린
어느 가을의 저녁, 그는 내가 타야 할 버스에 무작정 함께 올랐다.

그는 내게 관능이 무엇인지를 세포조직 하나까지 뒤흔들어 가며 각인
시킨 사람이었다. 그가 내 앞에 있거나 그의 시선이 내 몸 어딘가를 맴

돌고 있을 때면, 다리가 풀리고 온몸이 말을 듣지를 않았다. 그의 체취, 손짓, 눈동자의 움직임, 무엇 하나 강렬하지 않은 것이 없었다. 곁에 있으면 숨 쉬는 방법조차 잊은 듯 숨이 차올랐고, 부풀어 오르는 허파를 누르고 또 누르면서 숨을 내뱉을 순간을 잊지 않으려고 애를 써야 했다. 갑자기 제 존재를 알리는 몸의 기관들이 성가실 정도였다. 작동이 엉켜버린 허술한 기계처럼, 사용 설명서를 집에 두고 나와 허둥대는 사용자처럼, 나는 내 몸을 어찌할 바 몰랐다. 그라는 존재는 그만큼 아찔하고 아득하고 어지러웠다.

내가 준비가 될 때까지 기다려주겠다고 한 사람이었지만, 어느 날 저녁 약속장소에 나가 보니 그의 표정이 심상치 않았다. 식당에서 저녁을 먹고 나오는 길에 그가 말했다. 너무 피곤한 하루였다고, 좀 쉬고 싶다고. 그는 내게 자신의 아파트에 함께 갈 수 있을지 물었고 나는 거절할 말을 찾지 못했다. 아마도 첫 섹스를 하게 되리라고 생각하며 그의 손을 잡고 아파트 문을 열었지만, 우리는 사랑을 나누기 전까지 소파에 앉아 차를 마시고 음악을 듣고 이야기를 나누었다. 그러다 어느덧 정신을 차려 보니 그가 내게 입을 맞추고 있었다. 어정쩡하게 관계를 시작하고 싶지 않았던 나는 좀 더 과감해지리라 마음먹고 먼저 옷을 벗었다. 뒤따라 탈의를 하는 그의 모습에 잠시 짓궂은 장난을 치고 싶은 기분이 들었다.

"어머, 선생님. 당신은 저에게는 너무 거대하군요. 이건 불가능이에요. 프랑스 오이 같잖아요."

웃음을 유도하려 한 농담이었는데 그는 사뭇 진지한 표정으로 대꾸했다.

"음, 여자는 아이도 낳을 수 있잖아."

이 역시 그가 유도한 유머였겠지만, 우리는 동시에 웃음을 터뜨릴 순간을 놓쳐버렸다.

함께 첫날밤을 보내고 헤어진 뒤, 내 평생 누군가의 전화를 그토록 애타게 기다렸던 날이 있었던가. 휴대폰을 손에 쥐고 그의 번호가 액정 화면에 떠오르기를 기도하는 마음으로 바라보고 있었다. 막상 그의 전화를 받았을 때에는 너무 지쳐버려서 제대로 된 말 한마디, 연인으로서의 달콤한 속삭임조차 내뱉을 수 없었다. 내 몸의 물기란 물기는 바짝 말라버린 건지 건조하고 날카로운 목소리만 새어 나왔다. 내 몸에서 쥐어짤 수 있는 것이라고는 앙상하게 말라버린 짧고 차가운 말의 찌꺼기뿐이었다.

그를 다시 만나 함께 저녁을 먹는데 그가 불쑥 말을 꺼냈다.

"너를 위해 발견한 게 있어. 너를 위한 선물이야. 나중에 보여줄게."

그는 때때로 거리를 걷다가 눈에 들어오는 옷이나 스카프 같은 것들을 사서 내게 선물하고는 했었다.

"지나가는 데 말이야. 바로 눈에 확 뜨이더라고. '나는 서희를 위한 거예요. 나를 데려가주세요' 하면서."

하지만 그날 밤 그의 침대 곁 테이블 위에 놓인 선물은 내가 착용할 수 있는 것이 아니었다. 그것은 커다란 콘돔 상자였다. 그는 예의 그 아슬아슬한 미소를 지어 보이며 상자 뒷면을 들춰 보였다. 거기에는 'made in Korea'라는 글자가 또렷이 인쇄되어 있었다.

"너를 위한 거야. 너를 위해 한국인 연인이 되어 보기로 했어."

첫 봉지를 열고 사용을 마친 뒤, 우리는 침대에 나란히 앉아 남아 있는 콘돔의 개수를 세었다. 그것은 무언의 약속이기도 했다. 당신을 위해서만 사용하겠어요. 오직 당신만이 나의 한국제 콘돔의 주인이에요.

간절한 약속에도 불구하고 우리는 몇 개월 지나지 않아 헤어지고 말았다. 우리는 머릿속으로 사용한 콘돔의 개수를 세고 있었을까. 그와 헤어지고 나서 밀려오는 안타까움 중에는 미처 다 써버리지 못한 한국제 콘돔도 있었다. 애써 생각하려고 하지는 않았지만 어쩌면 다른 여인이 그 콘돔의 주인이 될지도 모른다는 사실을 머릿속에서 지울 수 없었다. 그는 그녀에게도 한국산임을 밝힐까. 그녀는 나만큼 그의 품 안에서 강도를 더해가는 절정 속을 헤매다 길도 잃고 자신도 잃어버릴까.

우리는 석 달을 채 넘기지 않아 다시 연인이 되었다. 그 이후에도 헤어졌다 다시 만나기를 몇 차례 반복했다. 하지만 첫 번째 이별 후 이미 예감했던 것 같다. 우리에게 헤어진다는 말은 앞으로도 아무런 의미가 없으리라는 걸. 헤어진 척 서늘함을 가장해 봐도 자기장에 반응하듯 주체할 수 없는 몸과 마음은 우리 각자의 비장한 결심을 배반하고는 했다. 다시 그의 아파트에, 그의 침실에 몸을 들여놓았을 때 L은 예전 그대로 그 자리에 놓여 있는 한국제 콘돔 상자를 내게 보여줬다. 마치 그동안의 내 부재를 슬퍼하기라도 했다는 듯이 처량해 보이는 콘돔들은 이제 내가 돌아왔으니 언제든 몸을 펼쳐 내 한국인 연인이 될 준비를 하고 있었다.

만남과 헤어짐을 반복하면서도 우리는 서로에게 아무도 대신할 수 없는 존재라는 망상을 버리지 못했다. 심장에 찍힌 낙인을 바라보듯 긴 전투에 투항하는 병사의 심정으로 다시 서로를 품에 안고 뒹굴었다. 한참의 시간이 흐른 뒤 알아버린 것은 나는 더 이상 이토록 지리하고 고통스러운 전쟁터를 헤맬 수 없다는 사실이었다. 결국 나는 그를 떠날 결심을 했고, 그는 나와 도시를 모두 떠났다. 하지만 그는 우리가 끝났다고 생각하지 않는 눈치였다. 3개월 뒤 돌아온다는 말을 남겼지만, 나는 낙인을 지우듯 그의 약속을 지워버렸다. 물론 그를 다시 보지 못하리라는 생각은 하지 않았다. 언젠가 마주칠 날이 있으리라는 믿음은 은근했지만 강력했다. 그리고 그 믿음을, 다음 해 나 역시 그 도시를 떠남으로써 온전히 배반하고 말았다. 그는 돌아왔지만, 나는 더 이상 그곳에 남아 있지 않았다. 나를 찾고 있음을 알리는 그의 메시지를 받았지만 대답하지 않았다. 한 발자국 물러서 보니 그제야 끝이 보였던 것이다. 우리는 이미 끝난 관계를 제대로 끝내지 못했다는 미련 하나만으로 긴 세월 동안 배회하고 있었을 뿐이었다는 것을. 한국제 콘돔 상자를 비울 때까지만이라고 여겼던 관계가 그렇게 삼 년을 버텼다.

지난 해 친구와 파리 여행을 마치고 돌아오며 남편을 위한 선물을 하나 샀다. 에펠탑이 그려진 커버에 'I love Paris'라는 문구가 새겨진 콘돔 하나와 얇고 부드러운 질감의 여성용 슬립이었다. 여행을 마치고 남편에게 선물을 안겨주며 말했다.

"사이좋게 나눠 가져요. 이건 당신 것, 이건 내 것."

선물은 공평하게, 각자를 위한 것이 좋다. 하나를 공동으로 소유한다는 것은 불가능하다. 한국제 콘돔은 그의 것이거나 나의 것, 둘 중의 하나가 되었어야 했다. 하나로 모이지 못한 마음은 한순간 닿았다가 어쩔 수 없이 떠나가기 마련이다. 우리는 각자의 마음을 보호할 콘돔이 필요했을지도 모른다.

떠난 열정, 남은 사람, 내리는 비

　　　　　　　　　　세상에서 가장 쓸쓸한 관계 중 하나는 열정
이 지나간 뒤 다시 만난 옛 연인이다. 충분한 시간이 흘렀다면 반가움
이 클 수도 있겠지만, 아직 괜찮아지지 못한(홍상수 감독의 영화 〈누
구의 딸도 아닌 해원〉에서 해원은 그렇게 말했다. '조금만 기다려 봐요.
괜찮아질 거예요.') 두 사람이 다시 만나 나눌 수 있는 이야기는 무엇이
있을까. 그들은 여전히 진행 중인 걸까. 열정이 떠나간 자리, 덩그러니
남아 있는 그들을 지키는 것은 썰물이 남기고 간 황량함과 발밑에 차이
는 미련, 끈끈한 습기처럼 떨어질 기미를 보이지 않는 열정의 흔적 정도
일 것이다.

온몸을 뒤흔들던 쾌감이 지나간 자리는 그 여운만으로도 한참을 흔들
린다(오르가즘이 지나간 자리와 비슷하다). 언젠가 당신과 함께 그 자
리로 돌아갈 날을 꿈꿔 보지만, 여전히 존재하는 당신만큼 내게 지나간
시간의 부재를 입증하는 것은 없다. 당신은 이미 끝난 관계의 증인으로
내게 돌아왔구나. 어느덧 미동조차 하지 않는 잔잔함이 찾아왔음을 깨

닫는 순간, 대기가 찢어지며 장대비가 내릴 것이다. 사랑을 마감하는 것은 너와 내가 아니라 세상이라도 된다는 듯. 날씨는 변하고 일기예보는 맞지 않고, 우리는 뿌옇고 앞을 가늠하기 힘든 공간을 속절없이 떠돌 뿐이다.

지상의 따뜻한 밤(서희, 죽부인이 되다)

- 어디선가 이 글을 읽을지 모르는 당신에게. 내게 가장 따뜻했던 밤을 선물해준 그대에게.

이십 대 중반에서 후반으로 막 넘어갈 무렵 한 남자를 만났다. 여행지에서 우연히 알게 된 한국 아저씨가 내 곁에 그 사람을 불러 세웠다. 그의 명함을 빼앗아서 내게 건네주기까지 했다. 무턱대고 남자 소개를 받은 것이 불편해서 나는 그의 곁을 걷는 동안 한마디도 하지 않았다. 그 사람도 난처한 듯 내게 아무 말도 걸지 않았다. 그렇게 몇 미터쯤 걸었을까. 목적지에 도착한 나는 그에게 가볍게 인사를 건네고는 자리를 떴다. 그리고 일 년은 흘렀을 거다. 어느 날 밤, 무료함을 견디지 못한 나는 그동안 받았던 수많은 명함들을 하나씩 살펴보기 시작했다. 그중 발견한 누군가의 명함. 어렴풋이 기억이 났지만 얼굴이 떠오를 리 만무했다. 그저 호리호리한 체구에 큰 키, 긴 팔, 구부정한 어깨 정도만이 기억날 뿐이었다. 그래도 인상이 참 순하고 좋았다는 것만은 확실하게 각인되어 있었고, 그런 그에게 내가 먼저 이메일을 보내면서 우리의 인연은 시작되었다.

여름을 맞아 프랑스에서 한국으로 잠시 돌아갔을 때 그를 만났다. 신촌 근처였다. 간단히 차를 마시고 저녁을 먹기 위해 카페를 나서는데 비가 내리기 시작했다. 오후 5시 무렵이었을까. 흐릿한 하늘에 걸려 있는 한낮의 기운이 비에 젖어 서서히 자취를 감추고 있었다. 빗줄기는 그리 거세지 않았다. 그래도 후덥지근한 공기를 시원하게 가르기에는 충분해 보였다.

남자가 마음에 드는지 아닌지는 함께 우산을 써 보면 안다. 같이 우산을 썼을 때 설레는가 아닌가로 판단한다. 그가 전해주는 설렘은 강력하지는 않았지만 그날의 비처럼 간지럽고 상쾌했다. 그런 그가 마음에 들었다. 수줍은 듯 하면서도 허를 찌르는 유머감각이 귀여웠다. 담백하고 사려 깊고 다정한 남자였다. 그날은 함께 저녁을 먹은 뒤 기분 좋게 헤어졌다. 시험 준비를 하고 있던 그는 자신이 다니던 대학교 도서관에서 하루 종일 공부를 한다고 했다.

간만의 귀국이었던지라 매일을 끊임없이 이어지는 약속으로 채워 가고 있었다. 그 와중에도 종종 그가 생각났다. 그는 내게 전화도 이메일도 보내지 않았다. 프랑스에 있을 때만 해도 거의 매일같이 이메일을 주고받았는데, 어째서일까 궁금했다. 그래서 무작정 그가 공부한다던 대학 근처로 찾아갔다. 전화를 걸어서는 바로 앞에서 기다리고 있으니 나오라고 했다. 그는 조금 헝클어진 머리에 구부정한 어깨를 하고 내가 기다리고 있던 카페 문을 열고 들어왔다.

"공부도 좀 쉬엄쉬엄하셔야죠. 오늘은 나랑 놀아요."

그 뒤로 수차례 만남이 반복되었다. 어느 날 압구정동 한복판에서 그에게 물었다.

"여자랑 자 본 적 많아요?"
"아니요."
"왜요? 몇 번 자 봤는데?"
"그냥 한 번."
"어, 왜 한 번만?"
"뭐, 그냥……."
"너, 무슨 문제 있구나? 말해 봐. 내가 해결해줄게."
"아, 몰라요."
"에이, 그러지 말고 말해줘요. 사실 나도 아주 큰 문제가 있어요. 말해주면 아무에게도 하지 않은 내 비밀도 들려줄게요."

나는 제법 심각한 표정을 지어 보이며 그에게 말했다. 그러다 그의 망설이는 표정을 보며 몇 가지 보기를 내주었다.

"바로 말하기 힘들면 내가 보기를 들어줄게요. 1번 조루다. 2번 지루다. 3번 너무 작다. 4번 너무 크다. 5번 발기부전. 그리고 또 뭐가 있을까?"
"음…… 그중에 있어요."

나는 그의 팔을 붙잡고서 짓궂은 미소를 지으며 말했다.

"아, 조루구나!!! 조루, 맞죠? 에이, 처음에는 다 그런 건데. 뭐, 그런 거 가지고 한 번에 그만 두냐. 자꾸 하다 보면 나아질 텐데."
"그럼, 서희 씨의 문제를 말해줄 차례에요, 이제."
"나요? 문제는 무슨! 나야 완벽하지."

늦은 밤 강남 한복판을 헤매고 다니다가 우리는 첫 키스를 나눴다. "지금 이 시각에 아직도 문이 열려 있는 건물을 발견하면 뽀뽀해줄게요" 내 말에 그는 너무 늦지 않게 빈 건물을 찾아냈다. 그 후에도 지하철역에서 빠르게 지나치는 기차를 옆에 두고 길고 짜릿한 입맞춤을 나누었다. 우리는 거의 매일같이 만나서 서울 거리를 함께 걷고 또 걸었다. 나는 딱히 그와 연애를 한다는 생각은 하지 않았다. 입을 맞추는 사이좋은 친구 정도가 내가 생각하는 그 남자의 위상이었다. 때문에 그가 약속장소에 자신의 친구를 데리고 나왔던 일은 조금 당황스러웠다. 그래도 그는 알고 있었다고 생각한다. 우리가 어느 정도의 감정으로 서로를 대하고 있었는지. 그는 자신만의 방식으로 나에 대한 평가를 시도하기는 했던 것 같다. 모임에 데려가고 친구에게 나를 보여주며, 도대체 어느 정도 되는 여자인지 사람들에게 확인받고 싶어 하면서. 아닌 줄 알면서 조금 헷갈리는 것, 아마 그 정도였을 게다.
당시 내가 남자에게 바라는 것은 잠깐의 위로였다. 함께 즐거운 시간을 보내고 기분 좋게 헤어지고 딱히 관계를 규정하지 않은 채 남아 있는 것. 사귄다고 말할 수도 없고 헤어진다고도 말할 수도 없는 사이로

남는 것처럼 편안한 것은 없었다. 관계의 욕구와 패턴을 정해진 대로 끼워 맞출 이유는 없다고 생각했다. 그리고 그에 관해 상대방에게도 명백한 태도를 보였다. 미래의 관계에 대해서는 관심조차 표명하지 않았다. 자연스럽게 대화가 먼 훗날을 화제로 삼게 된다고 해도 그 자리에 그와 나를 함께 상상하는 일은 없었다.

사람들은 그걸 어찌 아느냐고 하겠지만, 남자를 만나면 그가 나와 잠자리를 같이 하게 될 사이인지 아닌지 감이 잡힌다. 하루 정도 데이트를 해 보면 안다. 그 다음부터는 적절한 시기를 모색할 뿐이다. 다시 말해 그는 나와 섹스를 할 상대가 아니었다. 섹스를 대화의 중심에 놓고 이야기를 나눌 수는 있어도, 섹스 직전까지 관계를 밀고 나간다고 해도 그 지점을 지나가는 일은 관계의 성질상 맞지 않으리라는 걸 알았다. 어떻게 아느냐고 묻는다면, 그건 직접 경험해 보지 않으면 설명하기 힘들다. 그러니 나도 알고 상대방도 자연스럽게 알게 되는 것이라고 말할 수밖에 없다. 물론 그 모호하고 아슬아슬한 지점을 즐기는 데까지 관계를 밀고 나가는 경우도 있다. 상대에 대한 신뢰와 나에 대한 확신이 있다면 가능한 일이다. 하룻밤의 뜨거운 섹스보다 더 따뜻하고 잊지 못할 밤으로 남은 그와 나의 관계처럼.

그날 밤 역시 비가 내렸다. 술자리를 마치고 집으로 돌아가는 길이었다. 아무도 나를 반기지 않을 허탈한 공간을 떠올리며 터벅터벅 걸어가고 있었다. 이 시간에 집으로 돌아가면 아버지의 꺼지지 않는 분노를 상대하느라 긴 밤을 지새워야 할 것이 불 보듯 뻔했다. 애초에 계획했던 대로 언니의 자취방에서 자고 들어가겠다고 말하는 편이 더 나았다. 하지만 당시 학교 문제로 신경이 예민해져 있던 언니는 내 늦은 방문을 좋아하지 않을 터였다. 술에 취해서 늦은 밤에 문을 열고 들어오는 철없는 동생은 되기 싫었다. 나는 내가 나고 자란 도시 한복판을 정처 없이 헤매면서 하루쯤 머물 곳을 찾아 광활한 밤 한가운데를 지나가고 있었다. 촉촉한 비에 젖듯 달콤한 서글픔이 찾아왔다. 이국의 도시처럼 낯설어진 서울, 그때 그 사람이 생각났다. 이미 자정이 다가오는 시각이었지만 그에게 전화를 걸어 만날 수 있는지를 물었다. 우리는 강남의 어느 호텔 바에서 만나 술 한 잔을 걸쳤고 둘밖에 없는 엘리베이터 안의 길고 긴 침묵을 견딘 후 축축한 아스팔트 위를 밟았다.

"오늘 하룻밤만 재워줘. 집에 들어가기 싫어서 말이야."

그는 내 말에 아무런 이의도 제기하지 않았다. 딱히 엄청난 기대를 보이지도 않았다. 그저 잘 곳이 없는 친구 한 명을 집 안으로 들여놓듯 나를 곁에 두고 자신의 오피스텔 문을 열었다. 옷을 갈아입으려고도 하지 않고 그대로 그의 침대 속에 몸을 뉘였다. 어설픈 동작으로 침대 밑에 자리를 깔고 누우려는 그에게 말했다.

"그냥 여기서 함께 자도 괜찮아. 바닥에서 자면 내가 너무 미안하잖아."
"나를 어떻게 믿니?"
"믿건 안 믿건, 미안한 게 더 싫어."

그는 잠시 후 머뭇머뭇 내 곁으로 파고들었다. 그의 숨소리가 내 얼굴

위로 쏟아지는 것을 느꼈지만 불편하지는 않았다. 흥분도 찾아오지 않았다. 잠시 후 일종의 기묘한 편안함이 우리를 감싸기 시작했고, 우리는 그렇게 서로를 살며시 끌어안고 잠이 들었다.

결국 그런 것이다. 해일 같이 밀려오는 순간을 지나면 평온은 느닷없이 찾아온다. 순간에 갇혀 허우적거리지만 않는다면. 그 넘침을 빠져나갈 수만 있다면.

다음 날 아침 반짝 눈을 떴을 때, 그의 눈꺼풀 역시 스르르 열리는 중이었다. 젖은 몸이 녹듯, 서글펐던 마음도 바짝 말라 있었다. 비로소 잘 곳을 찾은 듯, 자야할 곳을 얻은 듯 오랜만에 단잠을 잤구나. 그가 나를 보며 말했다.

"누군가의 온기란 참 좋은 것 같아. 오랜만에 정말 달게 잘 잤어."

그날의 밤은 내가 보냈던 수많은 밤들 중 가장 달콤하고 잊을 수 없는 하룻밤이 되었다. 그리고 나는 그를 가장 달고 평안한 잠을 선사한 남자로 두고두고 기억할 것이다. 지금도 가끔, 도무지 몸을 누일 곳이 없다는 생각이 들 때 어김없이 그의 작은 오피스텔을 떠올리는 것을 보면 알 수 있다. 그가 내게 준 것은 가장 적절한 위안이었다. 단 하룻밤짜리라 할지라도 누군가의 위안이 될 수 있는 사람은 그리 흔치 않다는 것을 이제는 안다.

IV

도주의
기억

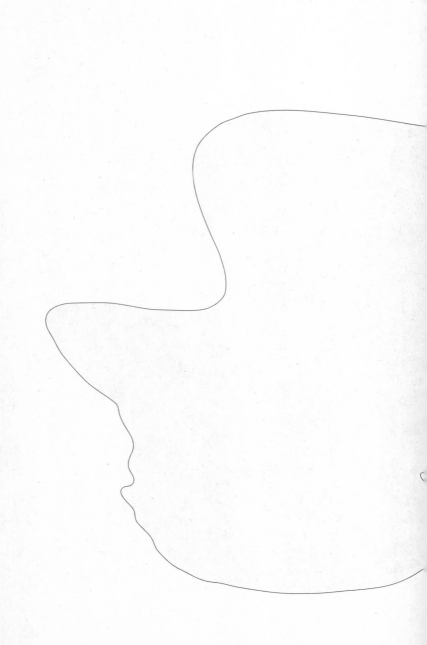

도주의 이력서

　　　　　　　　1973년 8월의 어느 날, 자정을 넘겨 엄마의
질을 찢고 그녀의 뱃속을 탈출했던 것을 시작으로 내 야반도주의 역사
는 시작되었다. 병원에서 엉덩이를 까고 주사바늘을 기다리던 다섯 살
여자아이는 바지춤을 올릴 새도 없이 뽀얀 맨살을 드러낸 채 병원 밖
탈출을 감행하기도 했고, 매일 아침 가출하는 심정으로 집을 나섰다.
비록 해가 저물면 갈 곳을 찾지 못해 집으로 돌아갔지만, 그것은 비장
한 귀환이었으며 조만간 이어질 도주의 디딤대였다.

수천 번의 가출과 도주는 잦은 전학과 이사와 맞물려 어디를 가든 떠
날 날을 가늠하게 만들었다. 새로 찾은 학교에서는 반나절도 채 지나지
않은 점심시간을 틈타 도망을 쳤고, 온갖 경연대회에 학교 병기로 출전
해야 했던 운명을 한탄하며 선생들의 눈을 피해 대회 도중 줄행랑을 치
는 일도 반복되었다. 덕분에 교복 차림으로 담을 넘는 데는 도가 텄으
며 보다 멋진 도주를 위해 유용할 거라는 감언이설에 속아 법과대학에
진학했다. 그러나 입학과 함께 찾아온 후회는 도주란 좀 더 주도면밀해

야 함을 깨닫게 했다. 대학 2학년 시절부터는 국문과 부전공을, 대학 3
학년부터는 학교 근처 모 영화단체를 드나들면서 전공과의 거리를 더
욱 넓혀 갔다. 환영의 매혹, 상상 너머로의 도주, 낯선 현실로의 귀환으
로 마무리되는 영화 보기는 나의 오래된 열정을 재발견해 가는 과정이
기도 했다. 어린 시절부터 가장 안락한 도피처를 제공했던 영화 속을
본격적으로 헤매어 보겠다는 열망은 유학의 가능성을 떠올리게 했다.
내가 자란 가정, 나라, 더불어 관계로부터 모조리 떠나고 싶었던 내게
유학은 가장 좋은 핑계였고, 영화는 더없이 매력적인 도구였다.

프랑스 유학 생활은 정처 없는 부유(浮遊)의 즐거움을 선사했다. 파리
의 구석진 소극장과 미술관, 그 사이로 거미줄처럼 이어진 골목들을 배
회하며 세상을 만나고 배우고 일을 했다. 때로는 사랑을 지르밟고 프랑
스 독립기념일의 폭죽처럼 존재가 산산이 흩어지는 경험을 했다. 도주
란 결국 내게 배회를 의미했다. 몸속 깊은 곳에 퍼져 있는 혈관처럼, 당
신 세계의 골목들을 구석구석 탐험하는 일. 비로소 나는 나에게 도주
자 대신 '인간 탐험가'라는 명칭을 선물하기로 한다.

하지만 귀국의 약속을 앞둔 어느 날, 나는 영화제에서 만난 한 남자의
손을 잡고 다시 한 번 야반도주를 감행한다. 질주의 관성은 나를 더 멀
리 나아가게 했고, 영화 산업의 메카 할리우드에 착지했다. 만난 지 4개
월 만에 치러진 신랑과 신부 둘만의 조촐한 결혼식 후, 현재는 두 딸의
엄마, 영화 제작자의 아내가 되어 천사들의 도시(Los Angeles)에서 조
용한 관찰자로서의 삶을 꾸려 나가고 있다. 물론 관찰 역시 탐험의 일

부로 진행되었으나 그럼에도 이제, 다시 움직이고 배회할 때임을 깨닫는다. 짜릿한 도주, 은밀한 부유의 시간이 찾아왔다. 삶은 매혹, 기필한 매혹, 그러므로 나는 삶을 유혹하고 그로부터 매혹되기 위해 다시 한 번 몸을 띄울 준비를 한다.

기억의 날씨

　　　　　　　　　　　어젯밤, 밤새 밀려오는 생생한 기억들 덕분
에 잠을 이루지 못했다. 정확히 말하면 감각에 대한 기억이었다. 지나치
게 세세하게, 혹은 과장된 선명함으로 예고 없이 나를 방문한 그날의
기억들. 내가 지나왔던 시간들이 길게 펼쳐졌다 금세 마음을 바꿔 짧
게 몸을 말아버리고는 내 곁에 무수히 겹쳐지기 시작했다. 가까이 있되
닿을 수는 없는 기분. 하지만 그 존재를 확연히 느낄 수 있는 또렷한 감
각으로 말이다. 그저 지나간 추억이라고 부르기에는 지나치게 생생해서
눈앞에 드러나지는 않지만 그 존재를 또렷이 떠올릴 수는 있었다. 내 주
변의 질서정연한 시공간감을 부드럽지만 강력하게 밀어버리는 총체적
인 감각이었다. 대단한 것들은 아니었다. 단지, 그날의 나를 둘러싼 대
기, 문득 낯설어져버린 주변의 풍경, 너무 사소해서 잊고 지나갔을 법한
세밀한 움직임들이 우연한 방문객처럼 나의 밤을 두드리고 있었다. 이
곳의 지루한 날씨 탓인지 유난히 소소한 날씨의 풍경들이 몸에 닿을 듯
다가왔다. 어느 서울 변두리 골목길을 훑던 무심한 겨울 햇살, 버스 차
창으로 흘러들어 오던 찬란한 봄날의 바람, 여름밤 눅눅하게 차오른 습

기에 스며든 술 냄새, 놀이터를 적시던 고즈넉한 빗줄기 같은 것들 말이다. 그 속으로 가만히 몸을 맡기자 실을 잣듯 하얗고 반짝이는 이야기들이 끊임없이 새어 나왔다. 그리고 나는 고치 안에 몸을 틀듯 웅크린 채 누워버렸다. 너무나 아늑해서 한동안은 나가고 싶지 않았다.

샴푸와 아버지

"아빠, 우리 '샴푸' 보러 가요?"

언니와 나는 아버지의 양손을 붙잡고 명동 거리를 걸어가고 있었다. 아버지의 손은 너무 커서 내 작은 손으로는 미처 그 손을 다 감을 수가 없었다. 놓칠까 두려워 아버지의 엄지손가락을 꼭 거머쥐며 대답을 기다렸다. 그러나 아버지는 그저 거리를 휘휘 돌아보며 습관처럼 "응, 응" 하고 신음에 가까운 소리만을 내뱉었다.

다섯 식구가 모두 시내로 나와 영화를 보러 갈 참이었지만, 아버지는 도대체 우리가 무엇을 보러 가는지에 대한 설명 따위는 해주지 않았다. 언제나 그렇듯이 다른 일에 정신이 팔려서 자꾸만 뒤쳐지는 나를 한번 타박하고는 걸음을 재촉했다. 어머니는 동생을 업고 상영 시간에 늦으면 안 된다고 겁을 주는 아버지 말에 허겁지겁 발걸음을 옮겼다. 숨이 가득 차올랐다. '샴푸'라는 제목의 영화라니 도대체 어떤 내용일지 상상이 가지 않았다. 샴푸가 나오면 린스도 나오는 건가, 우스갯소리라도 던져보고 싶었지만 어머니와 아버지는 입을 꾹 다물고 앞으로, 앞으로만 걸어갔다.

그 후로도 몇 년 동안 내가 '샴푸'라는 제목으로 기억하고 있던 영화는
사실 프랑코 제피렐리 감독의 〈챔프〉였다. 지금은 사라졌지만, 명동성
당 옆의 중앙극장에서 이 영화를 봤다. 이제는 안젤리나 졸리의 친부로
더 잘 알려진 존 보이트와 한때 〈아빠는 멋쟁이〉라는 외화로 인기를 끌
었던 아역 스타 리키 슈로더가 주연이었다.

퇴물이 된 왕년의 권투 챔피언인 아빠와 억지로 헤어져 부자 엄마와 살
게 된 어린 소년은 아들을 위해 다시 챔피언이 되고자 링에 오른 아빠
를 눈앞에서 잃는다는 내용이었다. 어린 나이에도 부자의 정과 노장 복
서의 투혼이 슬퍼 훌쩍거리며 영화를 보면서도 내내 한 가지 의문만은
풀리지 않았다. 샴푸는 도대체 언제쯤 나오는 걸까. 막상 영화의 제목
이 샴푸가 아니라 〈챔프〉였음을 알게 된 것은 한참 후에 텔레비전으로
이 영화를 다시 본 뒤였을 거다.

〈챔프〉 이전에도 영화관과 영화에 얽힌 기억이 있다. 무슨 까닭인지 영
화관에는 나와 아버지밖에 없었다. 푸른 눈의 배우들이 불타는 빌딩에
서 사투를 벌이고 있었다. 그것도 내가 한 마디도 알아듣지 못하는 언
어로. 당시 나는 한글로 된 자막을 읽기에는 너무 어렸다. 깜박 잠이 들
었다 깨어나도 여전히 화면 안은 불길로 활활 타오르고 있었다. 덩달아
내 온몸도 화끈 달아올랐고 숨이 턱턱 막혔다. 차마 나가자고 응석은
부릴 수 없어 억지로 잠을 청했다. 그래도 종잡을 수 없는 내용의 기나
긴 악몽 같던 그 영화의 제목이 〈타워링〉이라는 것만은 또렷이 기억한
다. 유치원에 들어갔을 무렵 화재 소식을 전하는 뉴스를 시청하던 아버

지의 등 뒤에서 그 영화에 대해 물었었다.

"국제극장이었나. 너 데리고 병원 갔다가 지나가는 길에 들렀을 거다, 아마."

광화문의 국제극장이라면 안소니 퀸 주연의 〈사막의 라이온〉을 본 곳이기도 했다. 그 뒤로도 나는 아버지와 함께 참으로 많은 극장을 들락거렸다. 명보극장, 대한극장, 허리우드극장, 국도극장, 아세아극장, 스카라극장, 단성사 등. 아버지와 함께 본 영화도 다양했다. 〈엄마 없는 하늘 아래〉, 〈로보트 태권V〉, 〈황금철인〉, 〈별나라 삼총사〉, 〈15소년 우주표류기〉, 〈아라비아의 로렌스〉, 〈구니스〉, 〈백 투 더 퓨쳐〉, 〈E.T〉, 〈인디아나 존스〉, 〈바람과 함께 사라지다〉, 〈전쟁과 평화〉 등등.
주말 밤이면 우리 삼남매를 텔레비전 앞으로 불러내는 것도 아버지였다. 평소에는 그토록 무뚝뚝하다 못해 종잡을 수 없이 난폭하기까지 했던 아버지는 영화를 보는 동안만큼은 어쩐지 수줍은 소년처럼 온순해졌다. 토요명화, 주말의 명화, 명화극장, 일요앵콜극장, 세계명작감상은 우리가 맘 편하게 볼 수 있는 유일한 텔레비전 프로그램이기도 했다.

영화관에 들락거리고 영화 보기에 재미를 붙여줬을 뿐 아니라, 스크린 너머 세상의 신비를 어렴풋이 깨닫게 해준 사람 또한 다름 아닌 아버지였다.
70년대에서 80년대로 넘어가던 어린 시절에는 유난히 정전이 잦았다. 어두운 밤, 탁하고 무언가 끊기는 소리와 함께 사방이 깜깜해지며 불시에 찾아온 낯선 어둠은 세상을 통째로 삼켜버렸다. 그럴 때면 현실 세계가 닫히고 새로운 시공간으로 순간 이동하는 기분이 들었다. 잠깐의 정적 뒤 세상이 술렁거리기 시작했다. 어른들은 분주하게 집 안 어딘가 놓아둔 길고 하얀 양초를 찾아 헤매었고, 잠시 후 성냥불이 여기저기로 불을 옮기면 방 이곳저곳에서 촛불이 일렁였다. 마루에서 바이엘 상권 연습에 한창 몰두하던 언니도, 작은 방에서 엄마 젖을 빨던 동생도, 모두 안방에 모여들었다. 어둠 속에서 불을 밝히는 양초 몇 개는 우리를 한 공간에 모아두고 하얀 벽 위로 일렁이는 그림자를 바라보게 만들었다. 평소에는 들리지 않던 소리마저 확성기라도 단 듯 또렷하게 들려왔다. 바람 소리, 거리의 행인 소리, 밤 벌레가 우는 소리까지. 아버지는 그때마다 6.25전쟁 피난길에 입은 상처로 가득하다는 손을 펼쳐 벽에 커다란 새 그림자를 만들어 보였다. 잠시 후 여우가 나타나 새를 쫓았고 개가 서글피 짖어댔으며 떠나온 달나라가 그리운 토끼가 귀를 쫑긋거렸다. 나는 종종 궁금했다. 시도 때도 없는 고함과 손찌검으로 엄마를 구박하고 밤늦은 담배 심부름을 재촉하며 내게 따귀를 날리던 아버지는 어디로 가버렸는지. 정전과 함께 찾아오는 빛과 그림자 속 당신은 어두운 영화관 속 일렁이는 영사기 빛 너머의 이미지처럼 덧없고 아름다웠다.

훗날 나는 고통과 행복의 변덕스런 탈바꿈에 진저리치면서도 그 모든 것을 빛과 그림자의 놀이처럼 자연스레 받아들였다. 그렇게 나의 유년기는 버거운 놀이 속에서 시작되었고, 나의 첫 번째 남자인 아버지와의 관계를 달콤한 혼돈과 함께 예감하였다. 그리고 문득 깨닫는다. 그는 여전히, 내가 가장 많은 영화를 함께 본 남자라는 사실을.

새 집 찾아가는 길

우리 집이 망했다. 어릴 적부터 나를 돌봐주
던 칠성이 아줌마도 울면서 집을 떠났다. 기사 아저씨도, 언제나 집 앞
에서 반짝이던 은빛 자동차도 사라졌다. 엄마와 아빠의 싸움이 좀 더
잦아졌고 강도도 격렬해졌다. 모든 변화의 충격을 한꺼번에 받아들이기
란 생각보다 쉽지 않았다. 나는 여전히 나이보다 늦되고 철없는 아이로
그 시절을 살아가고 있었다. 이제 막 초등학교 3학년에 올라갔는데 엄
마는 우리가 곧 이사를 갈 거라고 했다. 새로운 곳에서 살게 된다는 생
각에 그저 가슴이 뛰었다. 그리고 내가 학교에 가 있는 동안 엄마는 이
사를 했다. 내게 백 원짜리 동전을 쥐어주며 143번 버스를 타고 무슨
무슨 정거장에 내리면 된다고 말했다. 아니, 더 세세한 설명을 덧붙였는
데 내 멋대로 흘려들었는지도 모르겠다. 나는 그저 아이들과 선생님에
게 작별 인사를 하는 것이 마냥 신났다. 그들의 배웅을 받으며 미지의
세계로 모험을 떠나는 기분이었다. 이별의 개념도 제대로 알지 못했던
시절이었다. 누군가와 헤어져서 다시는 볼 수 없게 되는 일 같은 건 내
상상 밖의 일이었다.

막상 버스를 타려고 주머니에 있는 동전을 꺼내니 아쉬움이 밀려왔다. 이대로 절반 이상을 버스비로 날려버려야 한다니(버스비가 육십 원인가 하던 시절이었다). 이거면 구멍가게 냉장고를 가득 채운 맛난 아이스바 두 개는 가뿐히 살 수 있을 텐데. 당시 나는 그다지 고민 같은 건 하지 않는 아이었다. 내키는 일이면 무조건 했다. 그로 인해 아버지께 수도 없이 두들겨 맞는 일이 반복되었음에도 내 논리 속에서는 원인과 결과가 언제나 느슨한 고무줄처럼 자리 잡고 있었고, 그것은 한없이 늘어났다 끊어져버리기 일쑤였다. 결국 눈앞에 보이는 구멍가게에 들어가 아이스바 하나를 사서 베어 물었다. 버스비가 모자라도 걸어가면 된다고 생각했다. 아주 꼬마일 때부터 혼자서 집을 나가서는 여기저기 돌아다니다 해가 저물어서야 집에 돌아가고는 했으니까. 이 동네 저 동네 돌아다니면서 새로운 놀이터를 찾아 놀다 오기도 하고, 그곳에서 새로 사귄 친구네 집에 가서 밥을 얻어먹고 오는 일도 있었다. 그때 내가 즐겨 부르던 노래 중에 '앞으로'라는 노래가 있었다. 지구는 둥그니까 자꾸 자꾸 걸어 나가면 결국에는 내가 시작한 지점까지 돌아오게 될 것이니 어디를 가든 걱정할 필요가 없다는 게 당시의 내 논리였다.

조심조심 아이스바를 핥아 먹으면서 길을 걸었다. 녹아서 떨어지는 곳이 없도록 신경을 기울여서 아래쪽은 물론이고 양 옆까지 골고루 핥아주었다. 그리 긴 거리를 걸은 것도 아니었을 텐데 걷는 것이 조금씩 힘들어지기 시작했다. 문득, 내가 제대로 가고는 있는 건지 의문도 들었다. 무작정 버스 노선을 따라가겠다고 생각했지만 내 걸음으로는 버스가 어느 길로 갔는지조차 헤아릴 수 없었다. 고약한 냄새를 풍기며 내 곁을 지나치는 버스만 해도 수십 대였다. 걷다 보니 낯선 번호의 버스도 눈에 들어왔다. 거리의 풍경도 마찬가지였다. 언젠가 버스 차창 너머로 본 적이 있었던 것 같은데 딱히 어딘지는 알 수 없는 곳에 내가 서 있었다. 아이스바는 다 먹어 치운지 오래였다. 입가에 끈적이는 아이스바 자국을 혀로 핥으면서 손잡이는 끝까지 버리지 않았다. 걷다가 지치면 주변 상점 앞에 쪼그리고 앉아 구경을 했다. 제일 재미나는 구경은 철물점 앞이었다. 용도를 알 수 없는 쇠붙이들이 크고 작은 상자 안에 넘쳐 흐르듯 놓여 있었다. 모양도 가지각색이었고 크기도 다양했다. 손에 들어보면 조그만 것들도 제법 무거워서 신기했다. 주인아저씨의 눈치가 보여 그대로 물건을 내려놓아도 손에는 야릇한 쇠 냄새가 남아 코를 자극했다. 한 손에 아이스바 손잡이를 들고 그것을 입에 문 채로 다른 손에 남아 있는 쇠 냄새를 맡으며 거리를 걸었다. 이 냄새는 언제까지 남아 있을까. 냄새가 사라지지 않고 남아 있으면 어떻게 되는 걸까. 무서울까 즐거울까. 크고 단단한 로봇에게도 이런 냄새가 날까. 그때 갑자기 오토바이 상가에서 일하던 아저씨가 나를 붙잡았다.

"꼬마야, 너 지금 어디 가니?"
"북가좌동에 가요."

나는 입에 아이스바 손잡이를 문 채 대답했다. 아저씨는 기가 막힌다는 표정으로 내게 물었다.

"거기까지 걸어가려고?"
"네."

"거기까지 걸어서 못가. 너무 힘들 거야. 그냥 버스 타고 가라."
"버스비 없는데……."

아이스바 꼭지를 물고 아무런 부끄럼 없이 아저씨를 빤히 쳐다봤더니
아저씨가 재미있다는 듯 웃어보였다.

"버스비로 하드 사먹었니?"
"네."
"그럼, 아저씨가 버스비 줄 테니까 그걸로 버스 타고 가."

아저씨는 거뭇거뭇 때가 묻은 윗옷 주머니를 뒤지더니 내게 동전 하나
를 쥐어주었다. 내가 고맙다고 인사를 꾸벅하고 그대로 가던 길을 가려
고 하자 아저씨는 다시 나를 불러 세우더니 버스 정류장까지 가는 길
을 세세히 설명해주었다.

"꼭 버스 타고 가라."

꾸벅 인사를 하고 돌아섰다. 아저씨 말대로 정류장을 찾아가서 버스에
올랐다. 더 이상 안내양 언니의 자취는 찾아볼 수 없는 새 시대의 버스.
한때 세상 모든 버스에 부속품처럼 버스가 서고 움직일 때마다 '오라
이, 오라이'를 외치던 언니들은 한꺼번에 어디로 가버렸을까. 머리에는
둥근 모자를 쓰고, 단발 혹은 두 갈래로 묶은 머리를 하고 유니폼을 입
은 언니들의 인상은 어딘가 모두 희미했다. 둥근 모자와 유니폼만 남기

고 연기처럼 자취를 감춰버린 버스 안내양.

덜컹거리는 버스를 따라 내 작은 몸도 흔들렸다. 버스의 리듬에 맞춰 흔들리는 내 몸이 마냥 재미있었다. 거칠게 커브를 도는 바람에 자리에서 붕 떴다 가라앉을 때면 얼굴에는 환한 웃음이 번졌다. 집까지 이렇게 통통거리며 갈 수 있다니. 창밖에는 분주하게 거리를 오가는 사람들이 보였다. 거리를 향해 나 있는 온갖 상점에는 손님을 기다리는 사람들의 모습과 그들 사이를 오가며 돈을 구걸하는 거지들의 모습도 보였다. 동화를 읽을 때마다 생각했던 것이 있다. 만약 요정이 내게 세 가지 소원을 말해 보라고 하면 나는 한 가지면 충분하다고 대답할 거라는 점이었다. 내가 당신처럼 모두의 소원을 들어줄 수 있게 해주세요, 라고. 그러면 나는 저기 웅크리고 있는 거지 아저씨에게 멋진 집 한 채쯤은 금세 만들어줄 수 있을 텐데. 그때만 해도 세상은 온갖 모험과 기적이 가득한 곳이었다. 나는 매일 동화를 읽고 설레는 마음으로 도깨비의 금빛 머리칼을 찾아 헤매는 상상을 했고, 고된 모험 끝에도 결국에는 반짝이는 보물을 찾아내는 이야기의 주인공이되기도 했다.

내려야 할 곳은 버스 운전사 아저씨의 도움으로 겨우겨우 찾았던 것 같다. 막상 버스에서 내려 보니 와 본 적 없는 낯선 동네가 눈앞에 펼쳐졌다. 해가 막 지기 시작했고, 버스 안과는 새삼 다른 차갑고 탁 트인 공기가 밀려왔다. 골목길이 여기저기 술렁이고 있었다.

어스름이 내리는 시각이면 도시의 변두리 주택가는 더없이 분주해진다. 집 안에서 복작거리며 저녁을 준비하는 소리가 좁은 골목길로 흘러들고, 곧이어 엄마들은 밖에 나간 아이들을 집으로 불러들인다. 곳곳에서 울려 퍼지던 아이들의 외침이 하나둘씩 잦아들고 저 멀리 밀려오듯 찾아오는 저녁 하늘 밑으로 골목길은 점차 어두워진다.

나는 갑자기 외로워졌다. 찬란한 저녁노을이 지나가며 내 앞의 풍경들이 하나둘 사라지고 있었다. 그곳에서는 아무도 나를 부르지 않았다. 돌아갈 곳을 알지 못한다는 자각, 머릿속으로도 그려볼 수 없다는 현실이 그제야 밀려왔다. 버스 정류장의 이름 말고는 내게 주어진 단서랄 게 없었다. 무작정 걸어가려고 해도 다시 돌아올 곳이 어디인지 알수 없으니 발걸음이 무거워졌다. 그렇게 정류장 주변을 맴도는 사이 어느새 붉고 푸른 하늘이 가뭇없이 넘어가버렸다. 가로등도 얼마 서 있지 않아 그대로 까맣게 묻혀버릴 풍경 안으로 아카시아 향기가 저녁 바람을 타고 흘렀다. 나는 잠시 큰소리로 울어버리면 어떨까 고민했다. 아무도 남지 않은 낯선 도시의 풍경 속에 울릴 내 울음소리는 상상만으로도 두려웠다. 내 울음소리마저 악보를 이탈한 음표처럼 어색하게 들릴 것이다. 결국 나는 태연한 낯빛으로 정류장 주변을 맴돌았다. 찻길을 넘어가 볼까 생각하다가도 차마 발걸음이 떨어지지 않았다. 그때 골목 저편에서 낯익은 목소리가 들렸다.

"쓰히야, 쓰히야."

경상남도에서 나고 자란 엄마는 이십 년이 넘는 서울 생활에도 여전히 사투리를 버리지 못했다. 그녀가 부르는 '서희'는 너무나 그녀다워서 저 멀리서도 확연히 구분할 수 있었다. 태양처럼 환하고 강렬한 첫 음절 '쓰', 노래를 부르듯 곡조에 맞춰 부드럽게 꺾어 들어가는 '히', 어딘가 애절하게 울리는 '야'까지. 모두 내게는 더없이 친숙한 엄마의 부름이었다.

"엄마, 엄마."

그대로 달려가서 그녀를 안아버렸다. 엄마는 걱정조차 안한 듯 말끔하고 환한 얼굴로 나를 반겼다. 나는 왜 엄마가 내게 버스비만 달랑 쥐어주고 혼자 새집까지 찾아올 수 있으리라 믿었는지 궁금해졌다.

"내가 여기까지 찾아올 줄 어떻게 알았어?"
"너는 우리 쓰히잖아, 내 둘째 딸 쓰히."

나는 나에 대한 엄마의 그 터무니없는 신뢰가 신기하면서도 뿌듯했다. 엄마의 손을 꽉 쥔 손에서는 더 이상 쇠 냄새 같은 건 나지 않았다. 내가 로봇이 되는 일은 당분간 없을 것이다. 아마도 아주 오랫동안 엄마 딸로 남아 있을 테니. 그리고 나는 그 후로도 엄마의 헐거운 걱정 따위는 벗어난 채 무럭무럭 자랐다. 그녀의 무심함은 때로는 무관심으로 다가왔지만, 돌아올 곳이 있다는 것은 내게 최고의 위안이었다. 그리고 언제부터인가 나 역시 그녀에게 돌아올 곳이 되었음을 알았다. 나는 당신의 서희, 우리의 서희인 채로 어른이 되어버렸으니 말이다.

별나라 소년

초등학교 때 언니와 언니 친구를 따라 놀이 공원에 갔다가 엉겁결에 응모한 이벤트에 3등으로 당첨이 되었다. 1, 2 등은 꽤 그럴 듯한 상품(2등은 카세트라디오였다)을 받았지만, 3등은 고작 카세트테이프 한 장뿐이었다. 그래도 그걸 소중히 들고 와서 집에 있는 오디오에 넣고 한동안 열심히 들었다. 동요와 만화 주제가 모음집 이었는데, 그중에서도 나는 '별나라 소년'이라는 노래를 가장 좋아했다.

이름도 모르는 별나라에서 찾아온 소년이 / 이상한 빛을 보여주면서 / 나의 곁에 와 있네. / 너는 별나라 소년, 나는 지구의 소녀 / 우리, 친구가 될까, 별나라 소년아

정확한 가사는 가물가물하지만, 대충 저런 내용이었다. 집에 아무도 없을 때 방 안에서 '별나라 소년'을 틀어놓고 목청 높여 따라 부르다 보면 가슴이 부풀어 오르면서 기분이 묘해졌다. 기쁘기도 하고 슬프기도 한 감정, 설레기도 하고 안타까운. 누군가 꼭 만나야 할 것 같은데, 오래 기

다려야만 할 것 같은 기분이었다.

학교 가는 길이나 쉬는 시간이면 나는 이 노래를 조그맣게 흥얼거리고
는 했다. 오락시간에 댄스와 노래에 능한 무대파 인간을 지향하였으나,
나는 이 노래를 아이들 앞에서 불러 본 적이 없다.

두어 차례 전학을 다녔는데, 가는 곳마다 첫날이면 쏟아지는 아이들의
관심을 이겨내는 것은 고역이었다. 쉬는 시간에 우르르 내 자리에 몰려
와 공책부터 필통, 심지어 점심시간에 밥 먹는 모습까지 뚫어지게 쳐다
보는 아이들을 보면 울고 싶어졌다. 한번은 가방도 놔두고 교실을 뛰쳐
나와 그대로 도망을 쳤던 적도 있다. 마땅히 갈 곳도 없어 낯선 동네를
헤매다 겨우 집으로 돌아왔는데, 얼마 후 같은 반 아이가 나를 찾아왔
다. 담임선생님이 나를 부른다며 교무실까지 같이 가야만 한다는 것이
었다. 당시 나는 말도 없이 학교를 뛰쳐나온 주제에 야단을 맞을 거라
는 의심조차 못할 만큼 별 생각이 없는 애였다. 막상 교무실에 들어가
니 선생들의 싸늘한 눈초리가 기다리고 있었다. 서른 중반을 넘긴 듯한
어느 여선생은 나를 노려보며, "첫날부터 뭐 이런 애가 다 있어. 건방지
게" 하고 쏘아붙였고, 다른 선생들도 혀를 차며 내 주위로 몰려들었다.
그때 부임한 지 얼마 되지 않은 노총각 담임이 나를 끌고 자기 자리로
데리고 갔다.

"그래, 집은 잘 찾아갔고?"
"네."

"다행이다. 참 똑똑하구나."

가볍게 내 머리를 쓰다듬어준 담임선생님은 내 가방을 챙겨 교무실 밖까지 나를 데리고 나왔다.

진대현 선생님. 그는 스스로 노총각이라고 거듭 강조하며 하숙을 하느라 밥을 잘 못 먹으니 점심이라도 잘 먹어야 한다면서 툭하면 교실 가운데 책상을 모아 아이들과 함께 밥을 나눠 먹었다. 돌이켜 보면, 그건 점심을 제대로 싸오지 못하는 두어 명의 아이들을 반 친구들과 뒤섞여 함께 먹이려는 선생님의 배려였다. 소풍을 가는 날에도 다른 선생들은 당신들끼리 모여 앉아 학부모들이 싸준 음식을 나눠 먹었는데, 우리 담임선생님만은 아이들과 게임을 하고 다 같이 김밥을 나눠 먹었다. 그때까지도 아이들과 잘 어울리지 못하던 나를 선생님은 눈에 띄지 않게 챙겨주었다. 더 많이 장난을 거셨고, '우리 집에 왜 왔니' 게임을 할 때도 슬쩍 내 손을 잡아끌어 자기 옆에 세웠다.

학급 수업도 남달랐다. 수업은 주로 아이들의 발표와 토론으로 진행되었고, 선생님은 이야기를 듣고 적절히 방향을 잡아주는 수준이었으며 교과서는 수업 내용에서 큰 비중을 차지하지 않았다. 남들 앞에 나서서 의견을 발표하는 데 두려움이 없었던 나는 선생님의 격려와 칭찬을 참 많이 받았다. 그리고 그것은 아이들의 시기와 질투의 원인이 되기도 했다. 나를 모질게 괴롭히는 아이들도 생겼고, 방과 후 교실에 남아 혼자 울다가 집에 돌아가는 날도 있었다. 어느 날은 교실 책상에 얼굴을 박

고 울고 있는데 언제 다가왔는지 담임선생님이 가만히 머리를 쓰다듬
어주기도 했다. 그는 특유의 사람 좋은 웃음을 지으며 내게 말했다.

"나가자."

새로 다니기 시작한 학교 운동장은 무척 넓었다. 운동장 한가운데로 바
람이 불면 황량한 느낌이 들 정도였다. 그리고 우리는 그렇게 커다란 운
동장을 빙 돌아서 교문을 나섰고 횡단보도를 건널 때까지 함께 걸었다.
별다른 대화를 나눈 건 아니지만 어느새 눈물은 말라 있었다.

스스로 노총각이라고 부르는 담임이었지만 내가 그에게 장난삼아 "선생
님은 누구랑 살아요?" 하고 물으면, 그는 씨익 웃어 보이며 "내 각시랑
살지"라고 대답했다. 나는 그의 대답이 재미있어서 자꾸만 그에게 다가
가서 물었다.

선생님은 누구랑 살아요,
내 각시랑 살지.
선생님은 누구랑 살아요,
내 각시랑 살지.

선생님과의 이 대화는 내 뇌리에 노래 가사처럼 남아 떠날 생각을 하지
않았다. 오래도록.
그는 학년이 끝나면서 다른 학교로 전근을 갔다. 전근을 가는 선생님

명단이 학교 스피커를 통해서 울려 퍼질 때 그의 이름도 함께 흘러나왔다. 나는 그대로 책상 위에 얼굴을 묻고 울음을 터뜨렸다. 이제는 선생님이 내 머리를 쓰다듬으며 "요 깍쟁이 같은 계집애" 하고 놀리듯 말하는 목소리도 들을 수 없겠구나. 일 년 동안 단 한 번 소리를 지르지 않았고, 체벌을 가한 적도 없는, 아주 특별했던 선생님. 학교에 거의 들르지 못하는 바쁜 엄마가 돈 봉투를 들고 왔다가 그대로 돌아가야만 했던, 엄마 말에 따르면 참 별났던 선생님. 훤칠한 키에 마른 몸, 구부정한 어깨에 까만 얼굴, 그리고 웃을 때마다 가지런한 치아가 유난히 반짝였던 선생님.

다음 해 나는 다시 전학을 갔다. 전학 간 학교에서 새로 만난 선생님들 중에는 진대현 선생님처럼 내 가슴을 뛰게 하는 이가 없었다. 어차피 한 해가 지나면 다른 아이에게 옮겨질, 소모품과 같은 사랑이라고 생각했으니까.

새로 전학 간 학교에서는 유독 인기투표가 많았다. 책상 위에 놓인 종이 조각을 볼 때마다 나는 적을 이름이 없어 망설였다. 처음에는 '우리 학교에 없음'이라고 적었고(나는 그때 진대현 선생님을 생각하고 있었다), 그 다음 투표에서는 '이 세상에 없음'이라고 적었다가 나중에는 '지구 밖에 있음'이라고 썼다. '별나라 소년'이라는 노래를 한창 흥얼거리던 시절이었다.

어느 여름 갑자기

　　　　　열세 번째 여름이 다가왔다. 지루한 학교생활을 벗어나 여름방학을 맞이했다는 기쁨도 잠시, 그 달콤함을 비웃기라도 하듯 낯설고 기이한 불길함이 고개를 쳐들기 시작했다. 붉고 기다란 혀를 날름거리며 다시 찾아온, 까맣게 잊고 있었던 어느 여름의 기억. 불안은 불쾌한 여름 습기처럼 쉬이 떨어지지 않았고 내 몸은 기묘한 괴물처럼 변하고 있었다. 성기 주변이 붉어지고 주변에 거뭇거뭇 털이 자라났다. 뽀얗고 무심하여 부재에 가까웠던 그 자리가 돌연 자신의 존재를 알리기 시작했다. 혹시나 해서 열어본 틈새 사이로는 기괴한 세상이 열려 있었고 시시때때로 역겨운 냄새를 풍기는 액체를 뿜어내기도 했다. 놀랄 만큼 변하는 몸의 속도에 맞춰 나는 매일같이 어디선가 주워들은 끔찍한 병들을 읊어대고 있었다. 오래전부터 도사리고 있던 질병의 균이 이제야 기지개를 켜고 활동을 개시한 건 아닐까. 세상에는 이름을 다 알 수 없는 병들이 들판의 흐드러진 꽃보다도 더 많은 듯했고, 아버지 옆에 앉아 본 뉴스에서는 온갖 병들로 죽어가는 사람들 이야기가 흘러나오고는 했다. 미국의 유명 배우가 에이즈라는 무시무시한

병으로 사망했다는 소식을 들었을 때는 나도 인생 종 치는 병에 걸렸다는 망상에 시달렸다. 그리고 살날이 얼마나 남았는지 알아보기 위해 옆 동네 후미진 곳에 있는 산부인과를 찾아가기에 이르렀다.

지금도 가끔 꿈에 등장하는 어둡고 쇠락한 2층 건물 안. 햇빛도 잘 들어오지 않아 유독 어둡게 느껴졌던 대기실과 둔탁한 회색빛의 시멘트 바닥, 수많은 엉덩이를 거쳐 만질만질해져버린 낡은 나무의자. 나는 두려움에 차마 고개도 들지 못하고 초조하게 복도 의자에 앉아 차례를 기다렸다. 마침내 내 이름이 불리는 순간, 못된 일을 하다 들킨 아이의 심정으로 처참하게 진료실로 걸어 들어갔다. 그리고 잠시 후, 나는 딱딱한 진료침대에 누워 낯선 남자에게 내 아랫도리를 무방비한 상태로 드러냈다는 공포와 수치스러움이 뒤범벅된 채 어린 새처럼 떨고 있었다. 그런데 의사는 그런 내 기분을 아는지 모르는지 무덤덤하게 무슨 일 때문에 왔느냐고 물었다. 의사라면 눈길 한 번에 모든 걸 알 수 있으리라고 믿었건만, 그는 영문을 모르겠다는 표정으로 그저 나를 바라만 봤다. 오십은 족히 넘어 보이는, 머리가 반쯤 벗겨진 의사의 은테 안경 너머 무심하게 빛나는 눈빛이 무서웠다. 진료실 안은 고요했다. 예상 밖의 질문으로 머리가 하얗게 비워진 나는 할 말을 찾지 못해 머뭇거렸다. 잠시나마 호기심에 번득이던 그의 얼굴은 이내 심드렁해졌다. 그는 점심시간을 가리키는 벽시계를 연거푸 바라보며, 나중에 엄마와 함께 오라며 나를 진료실에서 몰아냈다. 당황해서 잠깐 잊고 있었던 수치심이 그제야 해일처럼 밀려왔다. 가까스로 마련한 기회를 활용하지 못했다는 후회와 여전히 해결되지 않은 질문들 사이에서 나는 더욱 초조해졌다. 빛

나는 오후 햇살 아래 사람들은 입체감을 잃고 평면처럼 납작해 보였다. 심장이 걷잡을 수 없이 뛰면 뛸수록 그들은 화폭 속 등장인물처럼 더욱 멀고 무심해졌다. 집에서 그리 멀지 않은 찻길을 건너 일부러 샛길을 돌아 걸어갔다. 낯익은 얼굴과 마주치고 싶지 않아 매일같이 들리는 구멍가게도 멀리 비켜서 갔다. 그런데 그만, 집 옆 골목길 한복판에서 몇 주 전 일을 시작한 파출부 아주머니와 마주치고 말았다. 그녀는 여느 때처럼 무뚝뚝한 표정으로 나를 지긋이 내려다볼 뿐이었지만, 그 시선은 이미 모든 것을 알고 있다는 듯이 위압적이었다. 그리고 그녀는 그날 밤 내 꿈에 찾아와 더 이상 나 혼자만의 것이 아닌 비밀에 대해 넌지시 말을 걸어왔다.

초등학교 2학년 여름방학이었다. 시골에 있는 외가에 일가친척들이 모두 모였다. 아이들 수만 해도 열댓 명은 훌쩍 넘을 만큼 대가족이 한데 모인, 기억에 남을 만한 가족 회동이었다. 해는 유난히 길고 따가웠고 아이들은 모두 억세고 단단해 보였다. 알 수 없는 사건이 일어났던 그날의 나는 아침나절을 방에 처박혀 보냈다. 아들만 귀하게 여기는 외가 분위기에 잔뜩 위축되기도 했고, 산 채로 돼지를 잡는 모습에 기겁하여 그곳을 떠날 궁리만 하고 있었다. 억지로 아이들과 어울려 점심을 먹고 난 뒤 대청마루에 앉아 있을 때, 이제 막 고등학생이 되었다는 먼 친척오빠가 나타났다. 못 본 새 키가 훌쩍 자란 그는 초록색 사이다를 병째 마실 줄 알았다. 햇빛에 반짝이는 사이다 방울들이 그의 입속으로 쏟아지듯 넘어가는 광경은 경이로움 그 자체였다. 그가 사이다병을 내려놓고 아이들에게 물었다.

"나랑 같이 광에 놀러 갈 사람, 손들어 봐."

부엌 뒤편에 있는 광은 낮에 들어가도 손바닥이 거뭇해 보일 정도로 어둡고 음침한 곳이었다. 하지만 용도를 짐작할 수 없는 가지각색 물건들로 가득해서 아이들의 호기심을 자극하는 곳이기도 했다. 손을 들까 말까 망설일 틈도 없이 아이들은 이미 있는 힘껏 소리를 지르며 손을 들어 올리고 있었다. 그중에는 사촌 여동생 지영이도 있었다. 그녀는 나보다 한 살 어렸지만, 자기가 한 뼘 정도 더 크다며 나를 놀리곤 했다. 그녀에게만큼은 지고 싶지 않아 손을 번쩍 올려 보였는데, 오빠는 마치 기다리기라도 했다는 듯이 "서희가 나랑 같이 갈 거야"라고 말해서 내 기분을 우쭐하게 만들었다. 부리나케 마루 밑에 놓여 있는 신발을 신고 따라나서려고 했더니 오빠는 등에 업히라는 시늉을 해 보였다. 모두 보는 앞에서 나는 당당하게 그의 등을 차지했다. 내 작은 발로 종종거리며 따라갔더라면 땡볕 아래서 한참 땀을 흘렸어야 했을 테지만, 오빠의 등에 업혀 가니 광까지 금세 닿았다. 문을 열고 들어서자 축축하고 서늘한 공기가 발갛게 달아오른 뺨에 닿아 시원했다. 광은 생각보다 더 어두웠다. 동공이 어둠에 익숙해지기까지는 시간이 걸렸다. 그 사이 오빠는 나를 바닥에 내려놓고 주변을 한 번 살피더니 대뜸 바지를 벗어 보라고 요구했다. 나는 그의 의도를 파악할 수 없어 머무적거리며 "나, 오줌 안 마려운데" 하고 기어들어가는 목소리로 대답했다.

"지금 바지 안 벗으면 여기다 너 혼자 두고 갈 거야."

대청마루 밑에 두고 온 신발이 생각났다. 햇볕에 뜨겁게 달아오른 마당의 잔돌투성이 흙바닥도 떠올랐다. 맨발로 거기를 지나 돌아갈 수 있을까. 광 안의 어둠만큼이나 까마득한 일이었다. 머뭇머뭇 단추를 풀고 지퍼를 열었다. 바지만 내렸는데 오빠가 내 팬티까지 그대로 벗겨버렸다. 그리고는 서둘러 자신의 바지춤을 내리고 무언가를 꺼내 들었다. 아무리 되풀이해 봐도, 자꾸만 돌아가고 또 돌아가 봐도 기억은 그곳에서 멈추어버렸다. 필름이 끊어져 헛바퀴 도는 영사기처럼 내 기억은 제자리를 맴돌았다. 사위에 까맣게 내려앉았던 광 안의 적막과 오빠의 목소리를 끝으로 영화는 어정쩡하게 끝이 났고 고요한 어둠이 내려왔다. 시커멓고 먹먹한, 깊이를 측정할 수 없는 암흑. 뻥 뚫린 구멍처럼 모든 것을 빨아들이고 까만 진공만을 남겨둔, 서늘하고 매정한 기억의 빈틈이었다.

나는 아마도 오빠의 등에 업혀 방으로 돌아왔을 것이다. 눈을 떴을 때에는 땀을 뻘뻘 흘리며 방에 그득 차오른 햇살 아래 누워 있었다. 주변은 거짓말처럼 고요했다. 여기저기 뛰어다니던 아이들의 와자지껄한 소리도 감쪽같이 사라졌다. 길고 긴 낮잠에서 일어난 걸까. 한참을 어리둥절한 기분으로 주위를 둘러봤다. 잠시 후 창호지 문이 열리고 엄마가 들어왔다. 근처 냇가로 멱을 감으러 가자는 것이었다. 깊은 물속 물고기처럼 입만 뻐끔거릴 뿐, 소리가 목구멍에 걸려 있는 기분이었다. 결국 나는 고개만 한 번 끄덕이고 엄마를 따라 냇가로 갔다. 엄마는 나를 정성스레 씻겨주었다. 문득 엄마도 알고 있다는 생각이 들었다.
오후 햇빛이 유난히 밝았다. 현기증에 잠시 아찔해졌다. 그래도 나는 아무 말도 할 수 없었다.

유재하를 위하여

                         중학교 2학년 때 우리 반에는 눈에 확 뜨일 만큼 아주 예쁜 여자애가 있었다. 하늘하늘 여린 몸에 작은 얼굴과 긴 목, 무심해 보이는 동작마저 섬세하고 고운 아이였다. 큰 눈이 지워질 듯 웃어 보일 때면 여자인 나도 가슴이 두근거렸다. 둘 사이에 특별한 공통점이 있었던 것도 아닌데, 우리는 어쩌다 보니 함께 점심을 먹고 여기저기 붙어 다니는 사이가 되었다. 시작은 유재하였다. 비슷한 시기에 우리는 둘 다 유재하의 노래에 빠져 있었다. 밤새 노래를 듣고, 다음 날 어제는 무슨 노래를 들었는지 이야기를 주고받고는 했다.

당시 나는 겉으로는 활발해 보이지만 비밀이 많은 사춘기를 보내고 있었다. 그리고 그건 그 애도 마찬가지였던 것 같다. 우리는 조곤조곤 이야기 나누는 걸 좋아했지만, 둘 사이에 불필요한 질문은 오가지 않았다. 사람들과 거리를 유지하는 것이 버릇처럼 몸에 밴, 그리고 그것에서 오는 위안을 일찍이 파악한 아이들이었다.

딱히 많은 일을 함께 한 것은 아니었다. 가끔 분식집에 들러 떡볶이를 먹거나 집에 놀러 가서 시간을 보내는 정도였다. 늘 곱고 세련된 차림을 하던 그 아이와 달리 나는 외모에 전혀 신경을 쓰지 않아 어딘가 모르게 좀 촌스러웠다. 나는 그 아이가 그런 내 모습을 재미있어 한다는 걸 어렴풋이 알고 있었다. 때로는 위안을 얻기도 했으리라. 그럼에도 나는 언제나 그녀가 얼마나 예쁜지 말해주었다. 진심이었다. 더불어 약간의 도움이 되고 싶다는 마음도 조금 있었다. 성장이 불안한 시기에는 누구에게나 자신의 변화를 아름다움이라고 불러주는 존재가 필요한 법이니까.

그 애의 집에 갔을 때 아버지의 사진은 한 장도 보이지 않았다. 벽에는 엄마와 여동생과 함께 찍은 사진만이 걸려 있었다. 조금 다르다고는 여겨졌지만 딱히 물어볼 생각은 하지 않았다. 그런데 어느 날 그 아이의 집에 함께 놀러 간 다른 친구가 무심코 물었다.

"너희 아빠 사진은 어딨어?"

그녀는 아버지가 외국에 장기출장 중이라고 얼버무렸다. 나는 그 말을 한 치의 의심도 없이 믿었고 더 이상 궁금해하지도 않았다.
그해 여름, 나의 첫 생리가 시작되었다. 여름방학 보충수업 기간이었다. 성교육이라고는 제대로 받아본 적도 없었고, 딸의 성장에 무심한 엄마 밑에서 자란 나는 아무런 준비도 되어 있지 않았다. 그 아이는 그런 나를 화장실로 데려가서 자신의 생리대를 손에 쥐어주었다. 적어도 두 시간에 한 번씩은 갈아줄 것, 저녁에는 오버나이트 사이즈를 따로 사서 착용할 것, 몸을 조여주는 속옷을 입는 편이 학교에 올 때는 더 안전하다는 것까지 차분하게 설명해주었다. 내가 화장실에서 임무를 마치고 나오자 그녀는 대견하다는 듯, 하지만 남모르는 비밀을 알고 있다는 듯, 묘한 눈빛으로 나를 바라보았다.

이상하게도 그해 여름을 끝으로 우리 사이는 점점 멀어져 갔다. 각자 서로에게 더 어울리는 친구를 찾았던 까닭도 있었을 거다. 그래도 우리는 종종 전화를 걸어 서로의 안부를 물었다. 해가 바뀌면서 각기 다른 반에 배정을 받으며 조금 더 소원해졌지만, 등굣길에 마주치면 반갑게 인사를 나누곤 했다. 한번은 학교로 나 있는 언덕길을 함께 오르던 중 그 아이가 불안한 낯빛으로 입을 열었다.

"오늘 아침, 갑자기 엄마가 머리가 아프다고 하는 거야. 잠깐 누워 있으면 괜찮아질 거라고는 했는데, 왠지 기분이 좀 이상해."

그게 다였다. 우리는 평소처럼 별 의미 없는 이야기를 주고받으며 교문을 지나쳤고 운동장을 넘어 각자의 교실로 들어갔다. 다음 날, 그녀의 어머니가 돌아가셨다는 소식을 전해 들었다. 그 뒤로 그녀에 대한 온갖 이야기가 떠돌았다. 이미 오래 전에 딸과 아내를 버린 아버지, 친척집을 전전하며 살게 된 자매의 가련한 사정 등. 그리고 무성한 소문과는 달리 그녀는 홀연히 흔적을 지워버렸다.

중학교를 졸업하고 고등학교에 입학했을 무렵, 아침 일찍 버스에 올라 어디론가 가던 길이었다. 새벽 6시를 조금 넘긴 시각이었는데 창밖으로 보이는 세상은 여전히 검푸르게 가라앉아 있었다. 그때 우연히 버스 좌석에 앉아 있는 그녀의 동생을 발견했다. 이제 겨우 중학교 3학년이 되었을 그녀가 얼굴에 화장을 하고 창밖을 멍하니 바라보고 있었다. 언니를 닮지 않았지만 언니보다 더 예쁘다는 말을 듣던 아이, 깜찍하고 도발적인 외모를 지닌 아이였다. 그녀 역시 나를 알아본 모양이었다. 내게 잠시 머물렀다 도망간 시선은 창밖에 붙박인 듯 움직이려 하지 않았다. 나 역시 다가가 인사를 하기는커녕 도망치듯 버스에서 내렸다.

여전히 푸르른 새벽빛으로 가라앉은 도시, 차가운 바람을 뚫고 거리를 걸어가는데, 문득 그녀 동생의 귀에 꽂힌 작고 검은 이어폰이 떠올랐다. 막상 버스에서 마주쳤을 때에는 그녀의 화장한 얼굴에만 신경이 쓰여 이어폰은 눈에 띄지 않았었는데, 그녀는 무슨 음악을 듣고 있었을까. 순간 머릿속을 스쳐가는 이름 하나. 한동안 까맣게 잊고 있었던, 유재하. 이상도 하지. 나는 그때, 한적한 버스 안에서 마치 유재하의 목소리를, 이어폰을 삐져나와 이른 새벽 벌레처럼 날개를 비벼대는 그의 희미한 노랫소리를 들었던 것만 같은 기분에 사로잡혔다. 그리고 지금도 나는 유재하를 떠올리면 바로 훔쳐 듣듯 들어버린, 화장한 소녀의 이어폰 사이로 흘러나온 그 노랫소리가 가장 먼저 생각난다.

죽은 소녀들의 사회

1990년 6월쯤이었을 거다. 신촌 그랜드백화점 맨 꼭대기 층에 자리 잡고 있던 크리스탈 시네마에서 친구 지연과〈죽은 시인의 사회〉를 보았다. 당시 고등학생이었던 우리는 자주색 교복을 입고 나란히 앉아 그 영화를 봤다. 그녀는 안경이 부러져서 쓸 수 없다며 내게 자막을 읽어 달라고 부탁했다. 영화를 보는 내내 나는 그녀의 귀에 대고 영화 대사를 속삭였다. 영화관에 사람이 많았던가, 잘 기억이 나지 않는다. 어쩌면 그녀 말고도 다른 친구들과 여럿이 그 영화를 보러 갔는지도 모른다. 하지만 내 기억 속에는 그녀와 영화만이 우두커니 남아 있다. 주변 사람들에게 방해가 될지 모른다는 생각에 그녀의 귓가에 입술을 최대한 가까이 대고 대사를 속삭이던 그때의 기억. 그녀의 까맣고 보드라운 볼의 촉감과 둥글고 단단한 귓바퀴가 입술 언저리에서 느껴졌다. 내 목소리를 듣기 위해 살짝 기울인 그녀의 왼쪽 어깨는 마르고 가냘팠다. 나는 비스듬히 몸을 틀어 앉은 채 영화와 그녀를 동시에 바라봐야만 했다. 그녀의 눈빛은 종종 영화가 아니라 나와 영화의 중간 어딘가에서 맴도는 것처럼 보이기도 했는데, 영화를 본다

기보다는 내 목소리를 통해 영화를 느끼고 있음이 은밀하게 전해졌다. 근시가 심했던 그녀에게 영화 속 인물들은 희미한 색채로 배경처럼 떠돌고 있었으며, 미처 이해하지 못한 외국어는 내 목소리와 겹쳐져 귓가에 울렸을 것이다. 그녀는 내가 읊는 대사를 한 마디라도 놓치지 않겠다는 듯, 입을 꼭 다물고 내 목소리에 집중했다. 먼 훗날, 그 영화를 다시 떠올릴 때면, 그래서 나는 영화 이미지를 배경으로 한 그녀의 얼굴을 함께 보게 된다. 골똘히 생각에 빠질 때면 지어보이던 한없이 심각한 그 표정도.

영화 속 존 키팅 선생은 보수적인 사립학교 웰튼 아카데미 학생들에게 '카르페 디엠 Carpe diem'이라고 외치며 삶의 영감을 불러일으켰다. 나는 그의 외침을 그녀 귀에 속삭이고 있었다. '카르페 디엠, 현재를 즐겨라'. 그 말을 내뱉는 순간 내 가슴은 두근거렸다. 영화 가득 넘쳐나는 남자 배우들의 젊고 찬란한 아름다움을 배경으로 내 곁에 앉은 그녀의 검고 부드러운 실루엣이 눈에 들어왔다.

그러나 영화 속 '카르페 디엠'이라는 외침의 매혹은 의사가 되는 대신 배우가 되기로 결심한 소년의 자살로 이어지고 만다. 현재를 즐기라는 문구는 멋진 영감으로 가득 차 있었지만, 그로 인해 허망한 꿈을 꾸는 것은 그만큼 도발적이고 위험하게 느껴졌다. 부모의 반대에 좌절한 소년은 아버지의 총을 자신에게 겨눴고, 무참히 끝난 그의 삶을 뒤로 하고 키팅 선생은 학교를 떠나야만 했다. 그를 향한 변치 않는 사랑과 지지를 표명하기 위해 책상을 밟고 일어선 남은 학생들의 꿋꿋함은 감동적이었지만, 여전히 나의 현실은 자살한 소년의 것에 더 가까워 보였다. 현재를 살라는 꿈을 배운 소년들은 그들의 삶에서도 당당히 일어설 수 있을까.

영화가 끝난 뒤 버스 정거장으로 걸어가는 길에 지연은 글을 쓰고 싶다는 꿈을 내게 속삭였다. 자율학습 시간 도중 몰래 빠져나온 어느 날은 자신이 쓴 시를 내게 은밀히 보여주기도 했다. 학교 담장을 넘어 근처 으슥한 골목길에 서서 읽은 그녀의 시는 사실 평범하기 그지없었다. 그럼에도 그녀의 소망이 너무 당당해서 나는 조금 놀랐고, 한편으로는 낯설었다. 그리고 그날 그녀는 자신의 시와 함께 가난을 고백했다. 어둠이 내려앉은 담장에 기댄 어깨가 바르르 떨리더니 어느새 흐느껴 울었다.

"나는 정말 가난해. 우리 집은 너무 가난해. 가난한 건 견딜 수 있는데 그게 수치스러움이 되는 건 견디기가 힘들어."

엄마의 사업이 망한 뒤 혼자 집을 보는데, 식칼을 든 아저씨의 습격을 당한 기억이 있다. 그는 한때 엄마 밑에서 일을 하기도 했고, 그의 아내는 명절 때마다 차례 음식을 준비하러 우리 집을 찾아와 일을 도와주곤 했다. 아저씨는 식칼을 휘두르며 엄마가 어디 있는지 당장 말하라고 내게 윽박질렀다. 아무 말도 못하고 떨고 있는 어린 나를 보는 아저씨의 번득이는 눈빛이 조금 흔들렸다. 거실을 가로질러 방문을 열고 베란다를 살피는 아저씨의 행동은 재빨랐다. 휙휙, 커다란 식칼도 집 안의 공기를 시원하게 갈랐다. 춤을 추는 것 같았다. 어느 순간 무서움은 아저씨의 기묘한 동작에 대한 낯섦으로 전이되었다. 이것은 공연. 자신을 내친 삶을 향한 고약한 안무. 그리고 나는 차마 지연을 제대로 위로해줄 수 없었다. 그녀의 꿈도, 가난의 고백도 모두 영사막을 흐르는 장면처럼 아득하게만 느껴졌기 때문이다.

우리는 고3이 되었고 각기 다른 반에 배정받았다. 지연의 성적은 전교에서 20등 안팎을 오가는 정도였고 반에서는 1, 2등을 다투었다. 그럼에도 그녀는 단 한 번도 학급 임원 선거후보에 이름을 올린 적이 없었다. 학습부장 자리조차 맡지 못했다. 대입 원서를 쓰는데, 육성회 임원의 딸인 지연의 반 반장이 지연과 같은 대학 국문과를 지원하고 싶다고 했다. 배치고사 성적상 가장 알맞은 선택으로 보인다는 것이 이유였다. 담임은 지연을 따로 불러 부탁했다.

"한 반에서 같은 과를 동시에 지원하는 건 좀 위험하잖니. 네가 양보했으면 좋겠다."

지연은 처음으로 고집을 부렸다. 끝까지 뜻을 꺾지 않겠다고 버텼고, 결국은 담임도 손을 들었다. 하지만 결과는 잔인했다. 반장은 붙었고 지연은 떨어졌다. 가정 형편상 재수는 상상할 수 없었던 지연은 당시로서는 후기 대학으로 분류되던 어느 대학 국문과에 지원했고 다행히 합격했다. 나는 부모가 정해준 대학의 학과를 한 달여의 반항 끝에 어쩔 수 없이 선택했다. 딱히 가고 싶은 학과도 없었으니 싸움은 계속될 수 없어 보였다. 각기 다른 대학에 합격한 뒤, 우리의 만남은 차츰 뜸해졌고 일 년에 한 번 정도 얼굴을 보는 게 전부가 되었다. 그리고 대학 3학년의 어느 날, 내가 다니던 학교로 그녀의 학교 학보가 도착했다.

'서희야, 나 이번에 대학 문학상에 소설이 당선되었어. 예전에 너에게 했던 고백이 생각나서 꼭 알려주고 싶었어. 소설이 실린 학보도 동봉해서 보내.'

더할 나위 없이 기뻤다. 그리고 부끄러웠다. 내 얄팍한 시선이, 아무것도 꿈꾸지 않는 오만이, 무력한 청춘이.
그 뒤로도 우리는 소식을 주고받았지만, 차츰 그 빈도는 잦아들었다. 그리고 대학을 졸업하고 얼마 지나지 않아 집 근처 지하철역 매표소 앞에서 그녀와 마주쳤다. 여전히 짧은 단발머리에 하늘하늘한 몸매의 그녀는 어깨가 좀 더 굽어 있었고 얼굴색은 조금 지쳐 보였다.

"출판사에서 교정 보는 아르바이트를 하고 있어. 동화 대필도 하고 있고."

부모님으로부터 벗어나 살아 보겠다고 중, 고생 과외로 돈을 끌어 모으던 시절이었다. 내가 살 길은, 이 나라를 뜨는 일밖에 없어 보이던 시절이었다. 상처투성이 연애를 두 번째로 끝내고 가까스로 세상에 나온 지 얼마 되지 않았다고 그녀는 말했다. 무덤덤한 말투로, 여전히 비껴가는 시선으로. 나는 그녀에게 점심을 사주었고 다 잘될 거라는 말을 남기고 헤어졌다.

"네 소설 읽고 정말 감동했어. 무언가 꾸준히 꿈꾸는 일은 참 멋진 일이더라. 네가 자랑스러워. 앞으로도 그럴 거야."

지하철역 앞에서 우리는 악수를 했다. 고개 한 번 세차게 끄덕여 보이고 돌아선 것이 어느새 십육 년 전 일이다. 나는 유학을 떠났고 가끔 한국에 돌아와 그녀의 옛 전화번호를 눌러보았지만 번호는 이미 남의 것이 되어 있었다. 인터넷을 사용하게 되면서 종종 그녀의 이름을 검색해 보기도 한다. 하지만 그녀는 아직 제 모습을 드러내지 않고 있다. 어디선가 꼭꼭 숨어 있다가 그 옛날 그랬던 것처럼, 내 앞에서 담을 넘거나 뜬금없이 편지를 보내올지도 모를 일이다. 단지 우리의 숨바꼭질이 조금 더 길어졌을 따름이다. 내 믿음은 질기고 단단하다. 그녀가 내게 학보를 보내온 순간 이미 나는 기다림을 시작했고 꿈꾸는 법을 배운 까닭이다.

바바리맨의 추억

　　　　　　　　한국에는 소위 '변태'라고 불리는 남성의 무리가 있다. 좁고 어두운 골목이나 한적한 길목을 지나가는 여성 앞에 나타나 불시에 바지를 내리거나 바바리를 펼치며 자신의 별 거 아닌 부위를 드러내는 데에서 쾌감을 느끼는 부류들. 그들은 일명 '바바리맨'이라 불리며 영국 브랜드 '버버리Burberry'의 의미를 한국식으로 토착화시키는 데 기여 아닌 기여를 하기도 했다.

내가 그런 무리의 인간을 처음으로 접한 것은 중학교 1학년 여름이었다. 방과 후 친구네 집에 놀러 가는 길이었다. 그녀의 집 근처 골목으로 접어드는데 앳되게 생긴 얼굴의, 이제 겨우 고등학생쯤으로 보이는 남자가 우리를 보더니 바지춤을 내리는 것이 아닌가. 나는 엉거주춤 내려간 바지 속에 무엇이 있는지 미처 보지도 못했는데, 친구는 갑자기 새된 비명을 지르며 뒤돌아서 달리기 시작했다.

"변태다!!!!"

나는 상황 파악도 제대로 할 겨를도 없이 냅다 뛰기 시작한 친구의 뒤를 무작정 따랐다.

여중을 졸업하고 여고에 들어갔다. 우리 학교 주변에는 불시에 출몰하는 바바리맨이 있었는데 그의 인기는 가히 요즘 시대의 아이돌에 비견할 만 했다. 쉬는 시간에 그가 학교 근처를 거닐면서 바바리 춤을 풀어헤치면 그것을 발견한 여학생이 복도가 쩌렁쩌렁하게 울릴 정도로 고함을 질렀다.

"딸딸이다!!!!"

그러면 교복 차림의 여학생들이 학교 창가로 우르르 몰려가서 그를 구경했다. 손을 흔들며 반가움을 표하는 이도 있었고, 과감하게 "딸딸아, 여기를 봐"하고 소리를 지르며 시대를 앞서가는 여성도 있었다. 나는 실제로 그를 목격한 적은 없었다. 그저 창가에 매달린 아이들의 반응이 재밌어서 피식 웃었던 것이 전부였다.

지하철이나 버스 안에서 수없이 성추행을 당한 불쾌한 경험은 있지만, 한 번도 제대로 '바바리맨'을 대면한 적은 없었다. 적어도 파리 유학시절 전까지는. 그리고 나는 국산이 아닌 외제 바바리맨을 파리 13구 플라스 이탈리라는 광장 한복판에서 만났다. 과외로 수학을 가르치던 주재원 자녀를 데리고 저녁을 먹으러 가던 참이었다. 차가 다니는 길 한복판이라고는 해도 우리가 그 변태씨를 만난 곳은 꽤 어둡고 으슥했다.

머리에 야구 모자를 쓰고 비쩍 마른 그 사내는 우리를 보자 기다렸다는 듯이 바지를 내렸다. 이미 남자 성기 보는 데에는 제법 단련된 나였지만, 원치 않는 물건이 강제로 좌판을 벌이는 데 어찌 당황하지 않겠는가. 그런데 그 순간, 나도 모르게 이런 말이 튀어나왔다.

"하, 그것 참 쪼끄만데! 너 참 뻔뻔하구나."

그것도 불어로. 아, 나의 순발력이란! 아는 사람은 알겠지만 언어의 전환은 그리 쉽지 않다. 살면서 스스로 자랑스러운 순간이 몇 번 있었지만, 그때의 쾌감은 지금도 잊을 수가 없다. 그리고는 가소롭다는 듯이 그가 벌린 좌판을 가볍게 내려다봐주었다. 녀석의 반응은 그대로 줄행랑을 치는 것이었고, 기세등등해진 나는 뒤따라가 보기 좋게 놀려주려다 옆에 있는 여학생의 창백한 얼굴을 보고 동작을 멈추었다.

"언니. 나, 처음 봤어요."

나는 잠시 얼어붙어 있는 옆 친구의 등을 토닥거려주었다. 저 따위 질 나쁜 제품을 통해 첫 구경을 하다니 마음이 아팠다. 그래도 진실은 말해줘야 할 터.

"크다고 다 좋은 건 아니야. 오래 끈다고 다 좋은 것도 아니고."
"그럼, 어떤 게 좋은 건데요?"
"크기와 강도의 알맞은 조화. 시기적절한 리듬감."

"그걸 처음부터 어떻게 알아요?"

"감을 익혀야지. 수학 문제도 마찬가지지만, 남자도 처음 대면했을 때 직관을 발달시켜서 상대를 파악하는 것이 중요해. 마음을 열고 집중하고 여러 케이스를 연구하고 공부하다 보면 알게 되어 있어. 쓸데없는 문제는 과감하게 넘어가고 주요한 문제에 집중하는 태도. 그건 남자에 관해서도 마찬가지야."

그런데 말을 계속하다 보니 갑자기 밥줄이 끊길까봐 무서워지는 건 또 뭐람. 그래서 덧붙였다.

"근데, 이건 너희 엄마한테는 비밀이다."

이제 그 친구도 서른을 넘겼다. 비밀은 잘 지키고 살았는지 궁금하군.

개천 여인의 기상

                      대학 들어갈 때만 해도 나는 내가 다니게 된 학교의 학과가 개천의 용들이 기개를 펼치는 곳인 줄로만 알았다. 그런데 세상에, 내가 입학한 해에는 개천 출신도 별로 없고, 용도 거의 없어 보였다. 게다가 나를 제외한 여학생들은 죄다 깔끔하고 나름 귀티를 팍팍 내며 학교를 오가고 있었다. 세련된 파마는 물론이고 옷도 예쁘게 입었고, 속눈썹 파마까지 하고 오리엔테이션에 오는 친구도 있었다.

반면 나는 신입생 오리엔테이션에 엄마 옷을 훔쳐 입고 갔다. 교복만 입고 다녀서 평상복도 없었고, 옷에는 관심조차 없었기도 했지만, 그런 여유를 부릴만한 환경도 아니었으니까. 딸들의 성장에 전혀 관심이 없었던 엄마가(하긴 당신 스스로도 관리에 소홀하긴 마찬가지였다. 풀 C컵 가슴을 억지로 B컵 브라 안에 구겨 넣는 엄마의 가열 찬 노력이란!) 딸들에게 가르쳐 준 유일한 패션 시크릿이라고 해봐야 고작 매일매일 빤스를 갈아 입으라는 충고였다.

엄마는 어쩌다가 이웃 아주머니에게 옷 보따리를 강제구매 당해서 돌아올 때도 있었다. 그러면 집에 와서 좌판을 펼치듯 옷을 풀어놓고 거기서 입을 옷을 알아서 가져가라는 식이었다. 한번은 입학 선물로 옷을 사준다기에 엄마와 명동에서 만나기로 했는데, 한 시간도 넘게 늦은 엄마는 당신 옷만 사고 나에게는 코트 한 벌 사 준 게 다였다. 그때도 엄마는 어린 애가 좋은 옷 입을 필요 없다는 나름의 합리적 주장을 펼쳤다. 그 외에도 나는 동네 아주머니가 해준 오천 원짜리 파마를 하고 학교에 갔다가 온갖 비웃음을 산 적도 있었다. 물론 파마 값이 아까워서 절대 풀지는 않았다. 그래도 아주 가끔은 엄마의 옷 보따리 중에서 마음에 드는 옷을 발견할 때가 있었다. 하얀 셔츠에 발목까지 오는 남색 치마는 특히 내 마음을 사로잡았는데, 신고 다니는 검정 단화와 잘 어울릴 것 같아서였다. 마침 학교 뒷동산에서 열린 세미나에 그 차림으로 참석했는데 한껏 멋을 부리고 나온 내 모습을 본 동기 녀석 하나가 말했다.

"야, 그건 유관순 패션이냐?"

나는 그 녀석의 말에 당황했지만 짐짓 여유를 부리며 대답했다.

"이건 채영신이다. 내 롤모델을 따른 거야. 민족의 계몽!"

『상록수』의 채영신을 따랐다는 말로 위기를 모면하기는 했지만, 그때 그 친구 말은 내 폐부를 깊숙이 찌르고 말았다. 그래서 나는 결심했다. 녀석의 마음을 빼앗기로. 이런 걸 두고 개천 여인의 기상이라고나 할까.

내 키는 왜 168센티미터가 아닌가

              비가 추적추적 내리던 날이었다. 놀이터의 터널 안에 쪼그리고 앉아 텅 빈 그네가 젖어 들어가는 모습을 바라보고 있었다. 그때는 유치원을 막 다니기 시작했을 무렵이니 아마 일곱 살쯤 되었을 거다. 아빠한테 호되게 야단을 맞고 내쫓겼는데 비까지 내리니 기분이 착잡할 수밖에 없었다. 그런데 문득 옆 터널을 바라보니 처음 보는 언니 한 명이 앉아 있었다. 그녀가 먼저 말을 걸어왔고 우리는 어느새 킬킬거리며 함께 웃었다. 언니는 내게 배가 고프지 않은지 물었다. 나는 고개를 세차게 끄덕였다. 언니는 그런 나를 데리고 자신의 자취방에 갔다. 그곳은 몸 하나 들이밀면 꽉 찰 것 같은 방이었고, 이불꾸러미가 단단하게 구석을 지키고 있었다. 크게 숨 한 번 쉬면 배라도 나올까, 소심하게 쪼그리고 앉은 모양새로 말이다.

"너 고구마 밥 먹어 봤니?"

세상에, 한 번도 안 먹어 본 걸 언니는 내게 먹일 셈이구나. 이렇게 흥분

되고 신나는 일이 또 어디 있겠는가. 언니가 내게 가져다 준 것은 차갑
게 굳어버린 흰 밥 안에 깍둑 썬 고구마가 듬성듬성 섞인 것이었다. 먹
는 내내 '대단해. 고구마도 먹어 봤고, 밥도 먹어 봤는데 고구마 밥은 처
음이야. 이렇게 멋진 일이 있을까'라고 생각했다. 언니는 나와 함께 고구
마 밥을 먹으며 말했다.

"나도 어릴 때에는 너처럼 조그마했는데 갑자기 쑥쑥 자라서 이렇게 컸
어."
"언니는 얼마나 큰데요?"
"응. 168센티미터야."

그때까지만 해도 숫자 단위에 대한 개념이 제대로 박혀 있지 않았던 내
게 '백육십팔 센티미터'라는 단어가 주는 어감은 대단히 매혹적이었다.
언니와 헤어져서 집으로 돌아오는 길에도, 그리고 그 후에도, 나는 놀
이터에서 만난 언니와 언니가 차려준 고구마 밥과 168센티미터를 생각
했다. 꼭 다시 놀러 오라는 언니의 집을 그 뒤로 다시 찾아가지는 못했
다. 비 오는 쓸쓸한 오후에는 빤히 잘 보이던 길이 해가 뜨고 바짝 마르
며 종적을 감춘 듯 사라져버렸다. 아니, 골목들이 마르면서 졸아들고 얽
혀 들었는지도 모를 일이다.

목표나 계획 따위를 좋아하지는 않았지만, '신장 168센티미터'는 내가
세운 몇 가지 목표 안에 속해 있었다. 더 커도 안 되고 작아서도 안 되
었다. 초등학교 입학 당시 몸무게 14킬로그램에 115센티미터의 키였

던 내가 168센티미터를 목표로 한다고 말하면 사람들은 코웃음을 쳤다. 하지만 작은 키나 왜소한 몸집에 대한 조급함 같은 것은 없었다. 작아도 어디를 가든 뻔뻔하고 당당한 성정 때문에 키가 배로 큰 고등학생 깡패랑 맞장을 뜰 정도로 겁도 없었고 기가 죽는 일도 없었다. 물론, 그들 입장에서 보면 맞장이 아니라 귀여워서 봐준 거겠지만. 나는 아무리 주변에서 키가 작다는 둥 말랐다는 둥 핀잔을 줘도 전혀 개의치 않았다. 어쩐지 나는 아주 잘 크고 잘 자랄 것 같은 예감이 들어서였다. 나름 사건사고 많은 어린 시절을 보냈고, 그리 평탄하지만은 않은 주변 환경이었지만 예감만은 좋았다.

반에서 줄곧 제일 작은 열 명 안에 들던 내가 초등학교 5학년 때부터 매년 10센티미터씩 자라기 시작했다. 중학교에 들어가서도 성장은 멈추지 않고 160센티미터는 가뿐히 넘겼다. 이제 조금만 더 크면 목표치에 도달할 터였다. 초등학교 동창들이 우연히 나와 마주치면 화들짝 놀라고는 했다. "어머, 너 나보다 훨씬 작았잖아" 하고 어이없어 하는 그녀들의 반응을 보며 나는 내심 쾌재를 불렀다. 그러나 안타깝게도 고등학교 입학 후에는 성장 속도가 더뎌졌고, 결국 168센티미터라는 목표치에는 도달하지 못했다.

하지만 나의 주장은 다음과 같다. 168도 168 나름이라는 것이다. 이를 설명하기에 앞서 내 신체의 가장 큰 열등감을 고백해야만 한다. 누군가 그랬다. 미인의 기본 조건은 반듯한 두상이라고. 그런 말을 들을 때마다 역시 인간은 한계를 극복하는 데에 그 존재 가치가 있음을 인지하게 된다. 내 머리통은 역삼각형이다. 이마 위로 더 있어야 할 자리가 칼로 벤 듯

납작하다. 대신 잘려나간 녀석들이 옆으로 가 붙어버렸다. 남편은 내 머리통의 비밀을 첫날밤을 보낸 직후 바로 알아차렸다. 아침에 잠들어 있는 내 머리를 쓰다듬으며 "Oh, my sweet……(오, 나의 달콤한……)"을 내뱉으려던 그는 내 머리통의 독특한 모양새를 깨닫고는 엉겁결에, "Oh, my sweet……potato head(오, 나의 고구마 머리)!" 하고 외치고 말았다. 그 바람에 나는 잠이 홀랑 깨버렸고 우리는 아침 댓바람부터 부스스한 얼굴을 마주대고 웃음을 터뜨렸다.

여기서 앞서 언급한 주장이란, 신은 원래 있어야 했던 내 머리꼭지를 지그시 눌러 내게 일종의 겸손을 가르쳤다는 것이다. 키마저 168센티미터를 넘었다면 나는 지나치게 당당하고 재미없는 인간이 되었을지 모른다. 대신 신의 깊은 뜻을 헤아려 평평한 머리꼭지에 세상을 향한 호기심과 유쾌함을 차곡차곡 쌓았으니, 168이라는 숫자가 뭐 그리 대수이겠는가.

마음은 나이를 먹지 않나요?

　　　　　　　　　어릴 적, 일요일마다 언니와 나는 아버지를
따라 등산을 갔다. 평소 엄하고 무뚝뚝한 아버지는 산에 갈 때만큼은
조금 부드러워지곤 했는데, 그런 그를 실망시키고 싶지 않았던 나는 힘
이 들어도 내색하지 않고 묵묵히 그 뒤를 따랐다.
등산로 초입에 있는 계곡에는 울긋불긋 등산복을 차려입은 남녀들이
모여 있었다. 중년을 훌쩍 넘긴 그네들은 시끄러운 뽕짝을 틀어 놓고
대낮부터 취기 오른 얼굴로 춤을 추거나 삼삼오오 모여서 시끌벅적 대
화를 나누었다. 그러한 광경을 목격할 때마다 나는 아주머니들의 입에
서 터져 나오는 콧소리 섞인 '오빠' 소리에 화들짝 놀라고는 했다. 저 나
이에 오빠라고 부르다니!
당시 내 기준에서 어른들은 엄마, 아빠, 할머니, 할아버지 이외의 역할
은 주어지지 않는 존재들 같았다. 그들에게도 한때 만발했을 청춘을 상
상하는 것은 어딘가 불순한 행위였고, 그들은 시들어 가는 꽃답게 빛바
랜 모습 그대로 자리를 지켜줘야 할 것 같았다. 눈빛이 빛나고 얼굴에
홍조가 피어나다니. 시간을 역행하는 행위는 비난 받아 마땅했다. 마흔

을 갓 넘긴 학교 선생님을 바라보는 시선 역시 중년의 등산객들을 볼 때와 별반 다르지 않았다. 저렇게 나이를 먹으면 도대체 인생에 어떤 희망을 품고 살까. 대단한 계획은 세울 수도 없을 것만 같았고, 고정된 박제처럼 틀에 박힌 채 남은 인생을 따분한 일상으로 채워 가리라고 상상했다.

나의 젊음은 그만큼 잔인하고 폭력적이었다. 젊음 이외에는 눈길조차 돌리지 않았고 세상은 파릇한 아름다움을 위해 존재하는 것이라고 믿었다. 그런 내가 대학을 졸업하고 프랑스 유학길에 올랐다. 그리고 그곳에서 도저히 불가능하리라 여겼던 대상들의 접근을 받았다. 칠십이 넘은 노인이 젊은 여성에게 구애를 하고도 수치심을 느끼지 않는 뻔뻔함은 내 안의 질서를 뒤흔들어 놓기에 충분했다. TV드라마나 영화 속에서도 노인의 욕망과 사랑에 관한 이야기가 자주 등장하는 프랑스라는 나라는 내 안의 가치를 송두리째 흔들어 놓았다. 물론 얼마 지나지 않아 한국 사회도 크게 다르지 않음을 알게 되었다. 다만 한국은 욕망을 금기시하는 사회였고, 욕망의 운동은 돈과 권력의 강력한 통제하에 때로는 노골적으로, 때로는 은밀하게 이루어진다는 사실을 알았다. 더불어 젊음은 그 탱탱함의 대가를 치르듯 사회로부터 잔인하게 소비되기도 한다는 것을 배웠다. 그것은 내가 인생으로부터 얻은 배움 중에서 가장 고통스러운 습득 과정을 수반했다. 마치 늙음을 멸시한 대가를 치르듯이 그렇게, 늙고 아름답지 않은 이들의 욕망을 애초에 마음대로 지워버린 어리석음을 한탄하듯이.

늙음에 대한 나의 유별난 거리감은 어느 정도 부모님의 관계에서 영향을 받은 것이기도 했다. 엄마는 내가 어릴 때부터 나이 든 남자와는 애초에 엮이지도 말라고 신신당부를 했다. 엄마는 자신의 인생이 엉망으로 꼬여버린 탓을 열네 살 연상인 아버지에게로 돌렸다. 그것은 부정하기 힘든 사실이기도 했다. 아버지는 강압적이다 못해 폭력적이었고 언제나 엄마를 감시하는 듯한 태도를 일관했다. 그러면서도 당신의 잘못은 조금도 인정하려 들지 않는 뻔뻔함을 지닌 사람이었다. 아마 아버지의 인체 내부를 해부해 보면 각종 장기들 사이에 뻔뻔함이라는 기관이 가장 튼튼하고 건강하게 자리 잡고 있을지도 모를 일이었다. 그러니 어쩌면 자연스럽게, 나는 늙음을 거부하는 기관을 내부에 키우면서 성장했다. 그리고 어느덧 내 나이가 서른다섯을 넘어서게 되었다. 왜 내 안에서 그 나이가 그토록 중요하게 인식되었는지를 곰곰이 생각해 보면, 거기에는 엄마의 서른다섯이 있었다. 참 이상하게도, 내가 기억하는 엄마의 나이는 서른다섯에 붙박여 있다. 어린 시절 내 나이를 떠올릴 때 아홉이라는 숫자를 당연하게 머릿속에 그리는 것처럼, 엄마의 나이 역시 그 자리에 멈춘 채로 내 머릿속에 입력되었다. 그때의 엄마는 가장 위험했고 가장 아름다웠다. 어디론가 떠나고 싶어 안달이었던 나이였지만 '엄마'라는 강한 자의식으로 그 모든 욕구를 잔인하게 말살시켜버린 나이이기도 했다.

나는 서른다섯에 두 아이의 엄마가 되어 있었다. 나 역시 '엄마'라는 자의식에 옴짝달싹 못했다. 결혼과 출산의 시간이 정신없이 지나가고, 잠시 찾아든 정적 속에서 발견한 건 예전만큼 젊지도 아름답지도 않은 내 모습이었다. 거울 속의 나를 보며 느꼈던 충격을 잊지 못한다. 빛이 사라졌고, 유희로 가득 찼던 가벼움과 짓궂음도 자취를 감추었다. 나는 불 꺼진 방처럼 어둡고 쓸쓸했다. 유일하게 내 방을 밝히는 것은 두 아이와 남편뿐이었다. 그들이 사라진다면 나는 칠흑 같은 어둠에 불과할지도 모른다는 공포가 엄습했다. 끊임없이 되물었다. 나는 아직도 여자일까, 나는 아직도 매혹적일까. 내가 감히 누군가의 욕망의 대상이 되고 더 나아가 누군가를 욕망하는 일이 가능하기는 할까.

나이를 먹는다는 것은 그야말로 나에게 가장 죄스럽고 견디기 힘든 일처럼 느껴졌다. 남들이 보기에는 한없이 어리석고 무책임하다고 할지도 모르지만, 내게 서른다섯의 나를 대면하는 것만큼 버겁고 혐오스러운 일은 없었다. 누군가 내 외모를 칭찬하거나 약간의 노골적인 시선을 던질 때면 그것을 조롱으로 해석했다. 나도 내 남편도 나이에 걸맞게 늙어가고 있는데, 내 눈은 오직 젊고 아름다운 존재에게만 고정되어 있었다. 마치 쓸쓸한 감탄을 품고서 창밖의 풍경을 바라보듯 그렇게, 저토록 아름답지 않다면 존재할 가치조차 없다는 듯이. 그리고 혹시라도 누군가를 욕망하게 될까 봐 무서웠다. 내가 오래 전 나이 든 남자에게 느꼈던 그 혐오감을 되돌려 받으리라는 상상이 항상 부록처럼 뒤따라왔기 때문이었다. 내 마음과 몸의 시간이 이루는 간극만큼 절망스러운 것은 없었다. 여전히 이십 대 후반의 언저리에서 서성이고 있는 나를 억지로 끌고 서른의 문 저편으로 내던져버린 기분이었다. 가장 슬펐던 것은 지금 이 시간이 지나면 어쩌면 내 안의 작은 불씨처럼 남아 있을 그 빛조차 흔적 없이 사라져버리리라는 예감이었다. 내 안에서 반짝이던 매혹들, 어디론가 숨어버린 그것들을 되찾아 마음껏 펼쳐 놓고 살지 못한다는 것은 더없이 잔인한 일처럼 느껴졌다. 어쩌면 마지막일지도 모르는

데, 다시는 돌아오지 않을지도 모르는데.

결국 나는 내 마음에 나이를 덧입히기로 결심했다. 나는 더 이상 젊지도 매력적이지도 않다는 말을 중얼거렸다. 마음에 투명한 막을 씌우고 주름을 덧붙이고 되새기는 작업은 매일매일 계속되었다. 그에 반응하듯 몸도 빠른 속도로 움츠러들었다. 그러다 문득 더 늦기 전에 나의 가장 아름답고 매혹적이었던 청춘을 묻어둔 파리가 보고 싶어졌다. 그곳에서라면 내 젊음을 미련 없이 보내줄 수 있지 않을까.

파리에 도착한 후 이틀이 지나서였다. 그곳에 남아 있는 한 친구의 안내로 수년 전 세상을 떠난 친구의 묘를 찾았다. 스물아홉을 마저 채우지 못한 그녀에게 서른은 닿을 수 없는 꿈 혹은 판타지였을지도 모른다. 나이 먹음을 확인하는 일은 어찌 보면 나와 젊음을 같이 했던 그대들이 늙어가는 모습을 바라보는 일이리라. 묘 앞에 함께 서 있던 그가 문득 내가 얼마나 아름다운지에 대해 이야기했다. 서른을 무참하게 밟고 넘어서버린 내가 그는 고마웠을 것이다. 나 역시 그러했으니. 나 또한 그가 얼마나 매혹적인 남성으로 서른을 넘어섰는지 그 점에 감사했다. 그리고 우리는 묘지를 떠나 이십 대를 함께 보낸 파리 시내를 산책했다. 엄마가 된 나를 축하한다는 그의 말에 나는 모성과 연결된 여성성의 한계를 불평했고 그런 나를 두고 그는 말했다.

"폐경기를 넘어선 여성은 정말 아름다워. 모성의 경계를 넘어서서 온전히 성적인 대상으로만 떠오른 것 같다고나 할까. 그녀에게 비로소 섹스가 순수한 쾌락으로만 남아버렸다는 사실이 기가 막히게 멋지지 않아?"

나는 그의 발언을 조목조목 비판하면서도 기분 좋게 웃었다. 그리고 그에게 대답했다.

"그래. 나는 갈수록 멋지고 매력적인 여자가 되어서 기막힌 폐경기와 그 이후를 보낼 거야."

다시 찾은 파리에서 나는 내 마음에 또 다른 자유를 선물해주기로 했다. 상상의 자유, 떠오를 자유, 하지만 돌아올 수 있는 자유도 함께. 나는 예전처럼 젊고 아름답지는 않겠지만 보다 유쾌하고 가벼워질 수는 있을 것 같았다. 용서할 수 없는 것, 받아들일 수 없는 것이 많았던 이십 대가 지나갔다는 것은 어찌 보면 내 삶의 가장 큰 위안인지도 모를 일이다.

V

사랑의
도시

소녀, 소년을 만나다

사람을 만나다 보면 가끔씩, 이미 한참 지났음에도 소년 혹은 소녀의 얼굴이 떠오르는 이들이 있다. 혹은 누군가의 지나간 소년 소녀 시기의 문을 살짝 열고 그들의 무심히 빛나던 젊음을 엿보고 싶은 충동을 느낄 때도 있다. 뒷모습이어도 좋다. 비좁은 어깨라던가 길고 어설프게 자란 팔 다리, 무성의하게 튀어나온 무릎의 앙상함 같은 것이라도 좋다.

이제야 깨달은 사실 하나가 있다. 나는 내 젊음과 멀어져서 안타까운 게 아니라, 세상의 젊음과 교통할 수 있는 통로가 닫혀 간다는 두려움에 서글퍼지는 것은 아닐까. 하지만 결국, 그 자리를 거쳐 갔던 많은 사람들에게서 조용히 반짝이는 광석 같은 젊음이 곳곳에 박혀 있는 것을 본다. 그리고 나는 내 아이들에게서 그들의 늙음을 보고, 이제 마흔을 훌쩍 넘어가는 당신에게서 젊음을 발견한다.

남편을 만난 지 얼마 되지 않아 소년 시절의 그를 만나는 꿈을 꿨다. 먼 훗날 어른이 될 그의 모습을 또렷이 떠올리면서 나는 아이의 윤곽을 세심히 살펴보았다. 차마 그에게 당신의 시간대 어디선가 우리가 마주쳐 사랑에 빠지리라는 말은 하지 못했다. 그냥 소년의 일상 주변을 유령처럼 떠돌며 그가 거니는 거리를 멀찍이 떨어져 걸어 보고 놀이에 열중하는 뒷모습을 찬찬히 바라볼 뿐이었다.

그는 총명하지만 어딘가 무심해 보이는 소년이었고, 나를 꿈 바깥에서 바라보듯 황홀한 눈길로 쳐다봐주지 않았다. 특징 없는 주변인이 되어 그의 곁을 맴도는 기분은 신선했다.

그이를 사랑하게 되면서 즐거웠던 것은 내가 알지 못하는 그의 모습들이 무작정 두렵고 안타깝지 않다는 사실이었다. 내가 이만큼 자란 다음에 나를 찾아와준 그가 못내 고마웠다. 늦은 만큼 나는 부쩍 자라서 편안한 모습으로, 한꺼번에 죄다 삼키지 못해 안달하는 어린 아이처럼 종종대지 않고도 그를 받아들일 수 있었다. 차마 헤아릴 수 없는 그의 삶 곳곳의 자리들과 조금은 낯설게 자라났을 얼굴들을, 맛난 간식을 아껴 먹듯 상상하고 발견해 가는 재미가 쏠쏠했다. 그러니까 당신과 내가, 우리 안의 소년 소녀를 품고 더 넉넉하게 만나서 감사했다.

그럼에도 나는 내가 당신에게 온통 마음을 빼앗겨서 도무지 벗어날 수 없게 되리라 예감한 그 순간을 고백해야겠다.

결혼 전 우리가 처음으로 한국을 방문했을 때였다. 하늘이 습기를 가득 품고 낮게 내려앉은 어느 날이었다. 따로 볼 일을 보고 신사동 모 극장 앞에서 만나기로 했는데, 친구를 만나 점심을 먹고 돌아서려는 그때 비가 세차게 쏟아지기 시작했다. 당신이 우산을 들고 나가지 않았다는 생각에 발을 동동거렸다. 한국말도 서툰 사람이 우산은 제대로 살 수 있을까, 제아무리 뜨거운 여름이라도 몸이 젖으면 금세 추워질 텐데. 허겁지겁 약속 장소로 나갔더니 다행히도 당신은 넓고 믿음직한 검정 우산을 손에 들고 있었다. 나를 발견한 당신의 얼굴에 떠오른 행복의 기운이 우산 밑을 꽉 채우고 있었다. 당신을 향해 달려가는 길, 내 발걸음은 날아오를 듯 경쾌했다. 우리는 비가 오는 신사동 거리 한복판에서 잠시 서로 마주보며 서 있었다. 내게 붙박였던 당신의 시선이 문득 어딘가를 향해 움직였다.

"저 아저씨는 우산이 없나 봐."

당신의 손짓이 가리키는 방향을 따라가 보니 쏟아지는 빗줄기를 하염없이 맞고 있는 중년의 사내가 보였다. 양복은 빗물에 젖어 축 늘어져 있었고 비를 피하는 것도 포기한 채 정류장에서 버스를 기다리는 모습이었다.

"우리, 우산 하나는 저 아저씨에게 줄까?"
"잘 모르는 사람한테 무작정 말을 걸고 우산을 건네주려고?"

당신의 제안에 나는 그렇게 되물었다. 하지만 언제나 그렇듯 당신은 환하게 웃어 보이며, "우리한테 우산은 하나만 있으면 충분하잖아" 하고 대답한 뒤 재빨리 그 사내에게로 달려가 우산 하나를 건넸다.

"Here! Umbrella(여기, 우산 있어요)!"

갑작스러운 영어의 습격에 잠시 당황했던 아저씨는 금세 얼굴을 밝히며 감사의 표시로 고개를 꾸벅이며 웃어 보였다.

"See? He's happy now(봐. 저 사람, 이제 행복하잖아)."

빗줄기를 헤치고 사내에게 우산을 건네주고 온 당신의 젖은 팔이 내 어깨에 감기고, 나는 그 단단한 행복 속에 송두리째 안겼다.

"You are such a sweet boy(당신은 정말 달콤한 소년이군요)."

비 오는 날, 한 번도 부모의 마중을 받지 못한 소녀가 우산을 나눠주는 소년을 그렇게 만났다. 혼자 비를 맞고 집에 돌아가는 모습이 초라해 보이기 싫어, 원래 비 맞는 것을 좋아한다고 우격다짐으로 믿어버린 소녀는 우산을 함께 쓰는 행복이 얼마나 넓게 세상으로 퍼져나갈 수 있는지를 당신을 통해 배웠다. 그때가 바로 소녀가 소년을 만나 행복한 여인이 되기로 한 순간이다.

천사들의 도시, 사랑의 도시

                       처음 이 도시에 도착했을 때는 늦은 밤이었
다. 내려가는 에스컬레이터 위에서 마중 나온 그를 발견했다. 그는 여기
까지 무사히 찾아온 내가 대견하기라도 한 듯 감격스러운 얼굴을 하고
나를 바라보고 있었다. 그가 나를 제일 먼저 데리고 간 곳은 한인 타
운의 24시간 영업을 하는 식당이었고, 나는 세숫대야만한 사발에 담긴
떡국 한 그릇으로 빈속을 채웠다. 그런 다음 그는 늦은 밤길을 달려 멀
홀랜드 드라이브로 나를 안내했다. 어둡고 텅 빈 길을 따라가며 새롭고
낯선 세계로 빨려 들어가는 기분이었다. 길 저편으로는 도시의 야경이
수줍게 반짝이고 있었다.

그가 사는 아파트 주변 길은 정답고 아름다웠다. 녹음이 우거졌고 어둠
속 조명 아래 꽃들이 윤곽을 드러내고 있었다. 정문을 열고 들어서자
짙은 남색으로 빛나는 공동 수영장이 눈에 들어왔고, 그리 높지 않은
건물이 그 뒤로 놓여 있었다. 그의 아파트는 그를 닮아 정갈하고 멋스
러웠다. 흐트러진 곳은 어디에도 보이지 않았고 발에 닿는 카펫 감촉이
산뜻하고 포근했다. 나를 환영하는 꽃과 선물이 테이블 위에 놓여 있었

고, 그가 파리에 들러 짊어지고 왔던 내 물건들은 이미 집 안에 잘 정리되어 있었다. 옷장에는 내 옷들이 가지런히 걸려 있었고 내가 쓸 화장품까지도 미리 사서 화장대를 꾸며놓은 뒤였다.

다음 날 우리는 영화를 보러 갔다. 선셋 대로에서 멀지 않은 작은 쇼핑몰에 있는 영화관이었다. 그는 표를 산 뒤 잠시 화장실에 다녀오겠다며 나를 매표소 앞에 놔두고 사람들 속으로 사라졌다. 해가 반짝이는 주말이었고, 세상은 낯선 이들로 붐비고 있었다. 내 주머니에는 돈 한 푼 없었고, 전화카드는 물론 신용카드도 없었으며, 그의 집 주소나 전화번호도 외우지 못한 상태였다. 문득 생각했다. 만약 그가 이대로 사라진다면 어떻게 될까.

누군가에게 내 존재를 전부 내던지는 일은 없으리라 생각했는데, 어느새 정신을 차려보니 나는 석 달 전에 만난 남자를 찾아 낯선 땅으로 떠내려와 있었다. 태어나서 처음으로 도착한 이국의 도시보다 내 자신이 더 낯설었다. 갑자기 아무것도 실감나지 않았다. 그때 흘러가듯 내가 새로운 세상 속으로 미끄러지듯 진입해버렸음을 깨달았다. 그가 돌아왔을 때, 아주 잠깐의 공백만으로도 그가 절실하고 그리워진 나는 그대로 그의 품에 안겨버렸다. 그는 내 안을 파고들던 간지러운 공포와 쓸쓸함 같은 것은 도저히 헤아릴 수 없을 것 같은 천진함으로 나를 품어주었다.

그는 나를 집에 두고 일을 하러 가는 것을 몹시 안타까워했다. 점심시간이면 종종 집으로 다시 돌아왔다. 마치 내가 아직도 집에 있는지 확

인이라도 하듯. 아침에 눈을 뜨면 내가 깨어날 때까지 나를 바라보곤
했다.

하루는 집에 혼자 있지 말고 근처에 있는 도서관에 가 보는 것이 어떻
겠느냐며 나를 데려다주었다. 점심까지 싸서 가방에 넣어주면서. 도서
관에서 책을 읽다 볕이 좋아 무작정 길을 나섰다. 아무리 걷고 또 걸어
도 거리에서는 사람을 구경하기 힘들었다. 멋진 차들이 지나가고 햇살
아래 야자수가 높고 환하게 빛나고, 저택 앞 잔디를 다듬는 정원사들만
이 간간이 눈에 띄었다. 좀 더 걷고 싶었다. 거침없는 햇살도, 그 한적함
도, 널찍한 도로도 모든 것이 낯설었다. 어쩌면 나는 내게 더 익숙한 도
시의 으슥한 음지 혹은 좁고 퀴퀴한 골목길을 찾아 헤매고 있었는지도
모르겠다. 해는 정오를 넘겼고 볕은 더욱 따가워졌으며 땀이 흐르기 시
작했다. 하지만 이내 건조한 바람이 불어와 그것을 날려 보냈다.

갑자기 그 나른함이 조금 두려워졌다. 저곳의 풍경과 나 사이에 존재하
는 것은 마치 돌이킬 수 없는 시차와도 같은 것. 다가가려 해도 결코 그
곳에 속할 수 없으리라는 사실은 너무나 명백해 보였다. 그리고 그 진
실은 마치 액자에 낀 매끈한 사진처럼 혹은 스노우볼 속 크리스마스
모형처럼 단순명쾌하게, 즐겁지만 잔인하게 내 눈앞에 놓여 있었다. 그
리고 문득 정신을 차려보니 그 광활한 도시 한가운데에서 길을 잃어버
렸다. 사방으로 보이는 것은 넓고 한적하며 잘 포장된 도로, 아름다운
저택들과 그것을 둘러싸고 있는 녹음이었고, 그 무엇도 내가 어디에 있
는지 알려주지 않았다. 명확한 사실은 오직 하나, 그곳에 머물 수는 없
다는 것뿐이었다. 이미 방향도 잃고 주변에는 표지판도 없었지만 나는
그저 걸어갈 수밖에 없었다. 길을 잃었을지라도 걷고 또 걷다 보면 분명

어딘가에 닿지 않을까 생각하며. 약간의 서글픔이 밀려들었다. 나는 이 커다란 도시 같지 않은 도시 속에서 오직 한 사랑을 지표 삼아 살아가고 있구나. 길을 잃고 이 속으로 사라져버린다 해도 내 흔적 따위는 중요하지 않아졌구나. 불현듯 허탈해졌다. 그건 드디어 내가 그토록 염원하던 무언가에 가까워졌다는 생각 때문이었다. 투명해진 기분, 당장 사라질 것처럼 가볍고 허망해진 느낌이었다.

햇살은 내일도 저렇게 빛날 것이고 차들은 도로를 매끄럽게 가로지를 것이며 나무들은 정원사들의 손길을 받으며 더욱 무럭무럭 자랄 것이다. 나는 방향을 틀어 내가 걸어온 길을 따라 무작정 되돌아가는 시늉을 해 보았다.

홀로 새벽을 지나는 법

　　　　　시간을 종잡을 수 없는 밤의 한복판, 이미
희미하게 밝아오기 시작하는 나의 정신. 한참을 뒤척이다 시계를 확인
해 보니 새벽 3시다. 좀 더 버티려고 옆에 있는 남편 품속으로 파고 들
어보지만 도저히 다시 잠이 오지 않아 아래층으로 내려왔다.

헛헛한 느낌, 가볍다 못해 홀가분하고, 홀가분하다 못해 조금은 허전한
기분. 나는 부엌에 들어가 밥과 국을 데운다. 딱히 배가 고픈 것도 아니
면서, 혹시 배를 채우면 조금은 덜 홀가분할까 밥 먹을 준비를 한다. 사
실 이 가볍다 못해 조금은 텅 빈 느낌이 싫지 않은데, 나는 굳이 내 빈
위장 속으로 더운 밥과 국을 밀어 넣으려고 한다. 마치 이것이 삶을 지
나가는 방법이라도 되는 듯, 굳건한 믿음을 묵묵히 실천하기라도 하듯.

가끔은 내가 너무 초라해서 견딜 수가 없다. 지금의 내가 마음에 들지
않아 불편할 때, 일상의 진부함이 실은 나의 진부함이라는 사실에 몸서
리 쳐질 때가 있다. 그럴 때마다 몸은 나를 일찍 깨웠다. 마치 이른 새

벽이라도 가져가면 이 진부함을 비켜갈 수 있을 것처럼. 그런데 나는 이 새벽을 다시 일상으로 시작하려 한다. 밥과 국, 그 두터운 따스함에 기대고 싶다. 결국 평범함은 존재의 위로, 생의 힘이다.

천사들의 도시의 밤은 어느덧 새벽 4시를 향해 달려가는데, 도망간 애인처럼 나를 떠난 잠은 도무지 돌아올 생각을 하지 않네요. 오늘밤은 유난히 환한데 달은 어디에도 보이지 않습니다. 달도 도망갔을까 생각하다 문득, 무엇 하나 도망가지 않았다는 사실을 깨닫습니다. 잠시 몸을 숨겼다가 내가 더 이상 당신을 기다리지 않을 때, 그 황홀한 얼굴을 들이밀며 나를 놀래겠지요. 떠난 잠은 언젠가 나를 다시 찾아올 테고, 달은 그곳에 있되 보이지 않을 뿐이고, 당신은 검고 까마득한 길을 걸어오는 중일지도 모르겠네요. 어둠의 무게를 떠난 그대는 내가 놓아버린 그림자를 연서처럼 품고 있을까요.

남편에게

                남편의 생일이면 나는 해마다 그에게 편지를
쓴다. 한글을 읽지 못하는 사람을 수신인으로 두고, 부치지 않을 편지
를 쓴다. 마음의 저장고에 꾹꾹 연서를 쌓아 두고 있으면 앞으로 그와
함께 살아갈 날들이 든든해지는 느낌이다. 나중에 나이가 들어서 그에
게 그 편지들을 읽어줄 생각이다. 그때쯤이면 한국말이든 영어든 별 상
관없이, 그저 상대가 들려주는 목소리만으로도 다 알 것 같은 기분이었
으면 좋겠다.

당신의 마흔 두 번째 생일을 축하하며…….

사랑하는 남편, 나는 가끔 내가 당신의 아내가 아니라 연인으로 살았으
면 어땠을까 생각해. 당신을 매일 보지 않는 대신 신선한 매혹으로 매
번 다가갈 수 있다면 당신의 아내가 되는 행운의 값을 그럴 듯하게 치
르는 것은 아닐까 생각하면서.
만난 지 얼마 되지도 않아 나에게 그토록 확신에 찬 태도로 다가오는

당신에게 내가 물었어.

"누군가를 정말 많이 사랑해 본 적이 있어?"

단 한 번도 없었다고 자신 있게 대답하는 당신에게 화가 나서 며칠간 당신을 괴롭혔지. 어떻게 누군가를 사랑해 본 적도 없으면서 나를 사랑하는지 알 수 있느냐면서. 그때 당신은 대답했어.

"내가 정말 누군가를 사랑했다면 너를 만나는 일은 결코 없었을 거야. 아마도 그 사람과 같이 있었을 거고 네가 눈에 들어오는 일도 없었을 거야. 누군가를 아끼고 잘해주고픈 마음은 있었을지 몰라도 사랑한다고 생각한 적은 없어. 내가 처음으로 사랑하는 사람은 너고 그래서 나는 알 수 있어. 내가 확신하는 것은 한 번도 어긋난 적이 없으니까. 그리고 나는 너에 대해서 확신해. 너를 사랑해."

나를 당신 곁에 있게 만든 것은 바로 그 말도 안 되는 확신이었어. 상처받지 않고 굳건하게 자라 있는 당신의 성정이 마냥 신기하기만 했으니까. 하지만 내가 당신을 선택한 가장 큰 이유는 따로 있어.

"너를 만나기 전에도 내 인생은 상당히 괜찮은 것이었지만, 너를 만나고 나서 내 인생이 얼마나 더 멋져질 수 있는가를 알게 되었어."

당신의 이 고백을 듣고 나라는 존재가 그저 당신의 인생의 달콤한 토핑

정도라면 그대 곁에 있어도 나쁘지 않을 것 같다는 생각을 했어. 어느 순간 토핑이 평범하고 지루하게 느껴질 때가 오더라도, 혹은 그저 그렇게 소비되거나 녹아 없어지더라도, 여전히 무너지지 않을 당신 인생에 마음이 놓여서. 나는 그대에게 별 거 아닌 존재일 수 있을 테니, 그다지 깊이 침투되거나 흔들지 않을 수 있을 테니.

그런데 말이야, 살면서 깨달은 건 달콤한 토핑으로 남는 일의 고됨이라는 거야. 여보, 아직도 내가 달콤해? 그냥 어설프게 얹혀 있는 장식 정도는 아닐까? 당신의 확신 때문에 내가 이곳에 어정쩡한 포즈로 남아 있는 것은 아닐까?

여보, 나는 여전히 달콤하고 싶어. 가끔은 가벼운 구름처럼 둥둥 떠다니다가 마음에 드는 빵 위에 살짝 내려앉았다 녹기 전에 도망가버리는 상상을 해. 당신은 내가 조금이라도 이런 마음을 내비치면 무척이나 화를 내고는 하지만, 솔직히 말해 봐. 그 모든 것을 마음의 사치라고 내몰면서도 가슴 한구석이 고파오지 않아? 간단하게 말해둘게. 그게 바로 열정적 사랑에 대한 마음의 빚이야. 한 번 터져 나온 감각은 그렇게 쉽게 자리를 비워주지 않거든. 열정이 사라지고 난 뒤에도 자리는 남아서 가끔은 그 터져 나온 공간을 쓸쓸하게 인식하니까. 그런데 어쩌다 떠다니는 마음이 정작 가라앉고 싶을 때 내 눈에 가장 커다랗게 들어오는 사람이 당신인 걸 보면 나는 아직도 아주 많이 당신에게 달콤하고 싶은가 봐.
며칠 전 괜히 들뜨는 마음에 온 집 안을 이리저리 휘젓고 다니던 내 모

습을 기억해? 당신 앞을 통통거리며 뛰어다닐 때, 나를 보고 어처구니
없다고 웃어주는 얼굴이 얼마나 기분 좋았는지 몰라.

"도대체 뭐하고 있어?"
"당신 앞에서 귀여워지고 있는 중이야."

여보, 다시 한 번 나를 잘 바라볼래? 자세히 보다 보면 내 안에 아직 당
신이 보지 못한 너무너무 예쁜 구석들이 많이 남아 있을지도 몰라. 심
지어 나의 상처투성이 위장마저도 예쁜 무늬를 그려 나가고 있는지 누
가 알겠어(위염 때문에 핑크빛으로 물들어 있다고. 사진 보여줬잖아).

나는 요즘 하루에도 몇 번씩 깜짝깜짝 놀라고 있어. 내가 태어나서 마
흔 두 살짜리 남자를 열정적으로 사랑하게 되리라고는 상상조차 못했
으니까. 그런데 어쩌지? 이제 곧 마흔 둘이 될 남자가 너무 좋아서.

생일 축하해, 이 중년의 배 나온 사내야.
(미안. 내가 너무 달콤한 탓이야).

그녀의 순정

비를 좋아한다고 재잘대곤 하지만, 햇살이 창문 전체로 들어오는 오후는 젖은 빨래처럼 뻗어버린다. 쏟아지는 햇살 아래 전사자처럼 누워 손가락 하나 들썩이지 못한 채 그 빛 속에 전부를 맡긴다.

온종일 그녀의 순정에 관해 생각한다. 사람들은 그녀를 마치 새장 속의 새처럼 안타까워하지만, 그녀가 정작 떠나고 싶은 것은 오직 그녀의 순정 때문이었다. 그것은 마치, 오래된 상자 속 세월을 두고 전해져 온 낡은 서신처럼 은밀할 뿐, 그들이 모른다고 하여 존재하지 않는 것은 아니다.

누군가 그녀가 속옷을 입지 않은 것을 보았다고 속삭이듯 알려 왔다. 자취를 감춘 체모에 관한 소식까지 들었으되 나는 그저 그녀를 좀 더 알 것 같은 기분이 들 뿐이었다. 그녀의 치마 속이 간편하다 하여 그녀의 질이 다수를 욕망하는 것은 아니다. 빛과 바람에 온전히 드러낸 채 그만을 향한 축축한 순정을 당분간 말리는 중일 뿐이다.

높고 가파른 해변에 아슬아슬하게 걸쳐 있는 맨션에서 그녀를 처음 만났다. 등이 깊게 파인 드레스를 입고 뒤를 돌아 속삭이는 입술이 그저 아득하기만 해 꿈일지도 모른다고 생각했다. 옷장을 열고 몰래 숨겨 둔 상자를 꺼내는 그녀를 나는 분명 보았다. 그녀의 관능은 오직 한 자리에만 머무는구나. 순정이 있는 자리, 그가 있는 그곳. 그녀는 상자를 들고 방을 떠났다. 언젠가 그를 떠난다면 그건 순정이 떠난 까닭일 게다. 그녀는 그렇게 상자를 들고 문을 열고 나갈 것이다.

나를 꼼짝없이 잡아두는 햇빛 아래 그녀의 검고 윤기 나는 피부를 상상한다. 그녀를 안는 것은 짙은 커피를 마시는 것처럼 뜨겁고 달곰쌉쌀할 것이다. 그녀의 상자 속에 들어 있는 것은 가장 순정한 욕망이다. 그녀의 어머니로부터, 그리고 그 어머니의 어머니로부터 전해져 온, 오래되었으나 가장 강력한 단 하나의 것.

제나씨 이야기

오래전, 내가 참으로 조잡한 인생 문제로 고민하고 있을 때 통 큰 엄마 제나씨는 내게 이런 말을 남겼다.

"서희야, 너는 네가 평범한 애라고 생각하니?"
"평범하지, 그럼 뭐가 그리 다른데?"
"네가 지금 사는 모습을 봐라. 법대 나와서 영화 공부하겠다고 도망치듯 유학 가서 고생하는 네 꼴이 평범한 거 같니? 너도 알다시피, 나나 네 아빠나 네가 평범하게 살기를 누구보다도 바랐다."

잠시간의 침묵 후 엄마는 말을 이었다.

"하지만 말이다. 평범하게 살 거 아니면 평범한 사고방식은 버려라."

전화기 너머로 들리는 엄마의 엄숙하기까지 한 선언은 어딘가 통쾌하고 후련한 맛이 있었다. 아, 정말 우리 엄마답다고 생각했다. 하지만 나는 부모님의 아주 착한 딸이었고 그들의 염원답게 내면은 참으로 평범하게 자랐다. 막상 모든 것이 걷잡을 수 없이 혼란스러워 보일 때 나는 가장 평범한 삶 속에 온전히 숨어버리기를 선택했다. 평범하게 살고 싶었고 그 속에서 행복해지고 싶었다. 그렇게 결혼을 했고 두 아이의 엄마가 되었다. 반면 엄마는 내가 행복해질수록 더 큰 인생의 파란을 맞이하는 듯 보였다. 그녀가 돌이킬 수 없이 망가지는 것이 보였다. 온전히 길을 잃은 채 온몸으로 방황했다. 그녀를 지탱해주는 것은 없었다. 충족되지 않는 욕망이 그녀를 휘두르고 있었고, 외로움은 뼛속 깊게 사무치고 있었을 거다.

첫 아이를 낳고 엄마가 산후조리를 해주겠다며 미국으로 찾아왔다. 엄마는 내 행복이나 손녀의 탄생 같은 것은 사실 별로 염두에 두고 있는 것 같지 않았다. 그녀는 지독한 실연을 겪은 뒤였다. 쉰 살을 한참 넘긴 여자가 쪽팔리게 뭔 짓인가 싶었다. 그것도 딸의 산후조리를 하러 와서 말이다. 그녀는 내 앞에서 몇 차례 울음을 터뜨렸고, 그녀를 버리고 떠난 그 남자 이야기를 하느라 딸의 진통이 다가오는 것도 까맣게 모르고 있었다.

아이의 엄마가 되고 자기만의 가정을 꾸리게 되면 인간은 한없이 이기적으로 변하기도 한다. 그토록 엄마에게 헌신적이고 모든지 이해하려 들었던 내가 손톱을 바짝 세우며 대들기 시작했다. 그런 이야기는 듣고 싶지 않으니 더 이상 입에 담지도 마세요 하고 매몰차게 엄마를 몰아붙였다.

중학교 때 만난 선생에게 첫눈에 반한 시골 유지의 딸이 결국은 갓 스물이 되자마자 그의 아내가 되었다. 가족을 버리고 학업도 그만두고 내린 결단이었다. 그녀는 훗날 자신이 순결을 빼앗겼기 때문에 어쩔 수 없었다고 설명했지만, 일 년이 지나자 모든 것이 만만치 않다는 것을 깨닫고 지옥 같은 결혼 생활을 벗어나기 위해 발버둥 쳤다. 그때마다 남편은 그녀를 두들겨 팼고 그녀는 그대로 한 아이의 엄마가 되었다.

첫 아이를 들쳐 업고 맨손으로 일을 시작한 엄마는 갖은 우여곡절 끝에 큰돈을 손에 쥘 수 있었다. 성공한 사업가로서 살아가는 듯 보이기도 했다. 하지만 그때 엄마에게 들이닥친 것은 치유할 수 없는 지독한 외로움이었다. 고등학교 시절 그녀는 나를 붙잡고 종종 흐느꼈다.

"외롭다, 너무 외로워. 누구한테 사랑 한 번 제대로 못 받아 보고 살았다고 생각하니 사무치게 외로워."

그리고 내 아이가 태어나자 엄마는 또 다시 울음을 터뜨렸다. 나는 그래도 엄마가 손녀의 탄생에 조금은 감격한 줄 알았다. 하지만 엄마는 "아이고, 너도 참 별 거 아니구나. 그냥 이렇게 애나 낳고 살겠구나" 하고 말하며 그것이 그리 서러운지 한참을 엉엉 울었다. 진통이 막 끝나 정신이 없던 나는 할 말을 잃고 눈을 꾹 감아버렸다.

그래도 엄마는 산후조리에 참 열심이었다. 아니, 정확히 말해서 나는 거의 돌보지 않고 오직 손녀딸과 사위 챙기는 데 정신이 없었다. 평소에 음식 한 번 안 하던 분이 매일 같이 사위의 아침과 저녁을 손수 지어 바쳤다. 아이도, 서툴지만 지극정성으로 돌봐주었다. 한국에 처리할 일이 있는 관계로 3주를 못 채우고 돌아가야 했지만, 떠날 때 엄마는 전쟁을 치른 전사처럼 지쳐 있었다.

"내가 네 남편이 예뻐서 잘해줬는지 아니? 아마 나중에 시간이 흐르면 그 인간도 지금처럼 네가 좋아서 정신 못 차리는 지경은 아닐 거다. 게다가 내가 또 좀 유별나니. 아마 앞으로 실수도 꽤나 할 거야. 그래서 미리 잘해줬어. 내가 할 수 있을 때. 이렇게 내가 애쓴 거 잊지 말아 달라고."

한국으로 돌아간 뒤 제나씨는 갈수록 더 재앙 같은 삶을 꾸려 나갔다. 그녀를 거기서 구원할 수 있는 사람은 아무도 없어 보였다. 딸인 나마저도 그 근처를 얼쩡거리고 싶지 않았다. 지겹고 또 지쳤다고 생각했다. 하지만 가끔은 그날들의 그녀가 그립다. 지금처럼 손상되기 전의 그녀, 삶에 의해 손상되기를 멈추지 않던 그녀가 말이다. 제나씨에게 삶이란 찬란히 시작되었다 지치지 않고 굴러 떨어지는 것이었다. 다시 올라왔다 해도 그건 잠깐의 제스처였을 뿐 한 번도 회복된 적은 없었다.

나는 그래서 너무 쉽게 인과응보를 말하는 사람을 보면 화가 치민다. 나는 그들에게 말해주고 싶다. 세상에는 그보다 더 다양한, 상상을 초월한 인생을 사는 사람들이 많다는 것을 알려주고 싶다. 애초에 무너지기 위해 태어난 사람도 있다는 것을. 그래도 나는 그렇게 무너지는 순간순간, 미치도록 아름다웠던 나의 엄마 제나씨의 모습을 기억하고 있다.

엄마에게 애인을

엄마가 옛 애인을 만나고 들어온 게 틀림없다. 한동안 술은 입에도 대지 않던 그녀가 만취 상태로 들어왔다. 비틀거리며 잠자리에 누웠다. 어두운 그녀의 방, 전화벨이 계속 울린다. 전화를 받지도 않고 그냥 끊어버리는 건 평소의 제나씨답지 않다.

쳐씨 아저씨는 수년 전에 돌아가셨는데 그 사람 말고 또 있었나. 아니면 폭풍우 치는 여름밤, 옛 연인의 환영과 조우를 하고 흩어지듯 이별하셨나.

엄마가 옛 애인을 만나고 들어온 게 틀림없었으면 좋겠다. 그녀가 그 밖의 다른 이유로 아플 일은 아무것도 없었으면 좋겠다.

페르시안 변호사

　　　　　　나와 가장 가까운 친구를 통해 만난, 한때
배우 지망생이기도 했던 아름다운 페르시안 변호사 S. 그녀는 한 남자
와 사랑에 빠져 십 년의 열애 끝에 결혼을 했다. 여러모로 그녀에 비해
많이 부족하다는 이야기를 듣던 남자였다. 그래도 그녀는 상관하지 않
았다. 그는 누구보다도 그녀에게 지극한 사랑을 기울였고 그녀는 그것
으로 충분했다. 그는 계획은 많았지만 제대로 실행에 옮기기에는 항상
1퍼센트 부족한 사람이었다. 손을 대는 일마다 큰 성과를 거두지 못했
지만 꿈을 잃지는 않았다. 언제나 무언가 대단한 일이 벌어지리라는 기
대에 차 살았고, 그 낙천성은 그의 매력 중 가장 막강한 것이었다. 넉넉
하지는 않았지만 십 여 년의 결혼 생활은 그럭저럭 행복해 보였다. 뒤
늦게 아이도 낳아서 어느새 한 살, 세 살이 되었다. 그러던 어느 날, 아
이들을 부모님께 맡기고 둘만의 오붓한 데이트를 즐기고 돌아오던 길에
만취한 18세 청년이 모는 차와 정면충돌하여 그녀는 전신에 끔찍한 외
상을 입고 병원에 입원했고, 남편은 그 자리에서 숨을 거뒀다. 100퍼센
트 상대편 과실이었다.

일주일이 지나서야 그녀는 겨우 의식을 회복했다. 하지만 충격이 커서인지 기억은 쉽게 돌아오지 않았다. 전신을 가눌 수도 없었을 뿐더러 온몸에 끔찍한 부상을 입었기에 정상으로 회복되려면 일 년 넘게 물리치료를 받아야 할 거라는 진단을 받았다. 그녀가 눈을 뜨자마자 불렀던 이름은 아이들도 엄마도 아닌 바로 남편이었다. 그의 행방을 제일 먼저 물었지만 아무도 대답할 수 없었다. 그녀는 남편의 장례식에도 참석할 수 없었다. 여전히 바깥출입이 불가능한 상태였고, 그녀가 겪게 될 정신적 충격 역시 무시할 수 없었다.

이제 그녀는 남편이 더 이상 이 세상에 없다는 것을 안다. 그녀는 어떻게든 살아 가려고 애쓰고 있지만, 자신의 불행을 이해할 수 없어 더없이 고통스러운 상태다. 나는 짐작할 수 있다. 그녀가 얼마나 수도 없이 그날의 밤으로 되돌아가는지. 그와 함께 즐겁게 집을 나서지만 않았더라도, 영화를 보고 식사를 하지만 않았더라도, 그냥 아이들과·집에 머물렀더라도 이 불행은 찾아오지 않았으리라 곱씹고 있을 터였다. 미친 듯이 증오하고 싶은, 18세의 만취 운전자는 불행히도 이 세상에 있지 않았다. 그 역시 사고현장에서 즉사했다.

*

나 역시 종종 생각한다. 왜 우리의 삶은 이따금 한순간에 손바닥 뒤집히듯 모든 것을 달리하는가. 저 멀리 사라지는 풍선을 바라보듯 망연해지는 것 이외에 우리가 할 수 있는 것은 무엇일까. 바닥에 몸을 낮게 깔고 흐느끼는 것 이외에, 그래도 살아야 하니까 사는 것 말고 또 남

아 있는 것은 무엇일까. 굳건히 믿어 왔던 삶이 그 본질에서부터 변하는 순간이 있다. 그리고 깨닫는다. 자신이 믿어 왔던 행복이, 단단히 우리를 지탱하고 있다고 믿었던 삶이, 얼마나 나약하고 부질없는 것이었는지 말이다. 더 큰 비극은 사건의 가해자가 더는 이 세상에 존재하지 않거나, 너무 거대해서 맞서기가 버겁거나 혹은 오히려 자신들이 피해자인 양 사태를 기만하려 하거나, 더 나아가서는 가해의 흔적을 지우기 위해 더 큰 가해를 몰아붙일 때에 벌어진다. 때로는 모두가 피해자라도 되는 듯 불행한 표정을 짓고 있을 때 우리는 그저 멍하니 하늘을 바라볼 수밖에 없다. 그제야 비로소 신의 존재를 묻는다. 삶에서 가장 어처구니없는 순간은 바로 상상 밖이라고 믿었던 불행과 마주할 때이다. 그리고 우리는 도무지 이해할 수 없다는 표정으로 나와 내 바깥을 주시한다.

삶의 치욕. 우리는 삶에 기만당했다고 느낀다. 왜 너의 평온한 얼굴에 마음을 놓고 그대로 그 길에 발을 들여놓았는가 수도 없이 되묻고 자책한다.

가끔, 무심한 얼굴로 세상 곳곳의 불행에 대해 읊어대는 언론과 예술, 논란의 중심이 되기 위해 가장 충격적인 이야기를 우리 눈앞에 날고기처럼 들이대는 각종 매체에 구역질을 느낀다. 보기 좋게 포장해 달라는 것이 아니다. 중요한 것은 공감인데 많은 경우 그들이 조장하는 것은 수치심이다. 갈수록 무감해지는 우리의 감각에, 세상의 온갖 불행에 노출되어 익히 들어 본 이야기 중 하나로 묻어버릴 우리의 무심함에, 더 큰 충격을 주기 위해 더 비린 불행을 찾아 바치는 듯한 그 뻔뻔함에 화가 날 때가 있다. 이야기를 얻기 위해 소비되는 구체적인 불행들. 누군가는 현실을 직시하기 위해 그와 같은 이야기를 꺼낸다고 하지만, 글쎄, 때로 우리는 너무 무책임하게 주인공을 고문하고 죽이고 대중의 관음에 밥이 되게 만들지는 않는가.

우리의 행복은 가끔 당신의 불행에 슬며시 기대고 있는 치사함을 품고 있다. 저 사람들처럼 되지 않았으니 그나마 다행인 내 인생이 그래도 행복한 거라고 믿는다면, 만약 그 정도가 우리가 생에서 얻을 수 있는 위로와 행복이라면, 그 얼마나 비루하고 허약한 행복인가. 우리는 끊임없이 남의 이야기를 소비하고 더불어 그 불행을 먹으면서 행복을 키워 간다. 동시에 세상에 넘치는 수많은 성공 미담을 보면서 억지 희망을 꿈꿔 보지만, 사실 세상의 성공이란 얼마나 오만하고 자기 기만적인가. 결국 그 좁고 뾰족한 칼날이 내게로 향할 때면 종국에 우리가 치러야 할 것은 우리도 저렇게 될 수 있다는 희망이 아니라 그렇게 되지 못하고 앞으로도 그렇게 되지 못할 운명에 대한 수치와 절망이다.

나는 여기서 생을 어떻게든 제대로 세워야만 한다는 절박함을 느낀다. 내가 너보다 더 나아져서, 내 행복을 너의 것보다 더 큰 것으로 만들어서 이 절망을 도망칠 수 있으리라고는 애초에 믿지 않았다. 참 오랫동안 나아갈 길을 알지 못해서 한 자리를 서성였다. 그럼에도 불구하고 삶은 자꾸만 흘러갔다. 모순되게도 가장 깊숙이 내 존재를 숨기고 내 생을 행복에도, 불행에도 노출시키고 싶어 하지 않은 순간, 나는 가장 큰 불행에 빠졌다. 왜냐하면 그전까지는 행복도 불행도 내 것이 아니었는데, 나를 숨기고자 한 순간 내 것임을 인식하고 그것의 한계를 명확히 인지하고 말았기 때문이다. 그리고 어느 날 폭격처럼 떨어진 불행에 내 삶은 정확한 조준을 당하고 산산이 부서지는 체험을 했다. 그것은 너무나 생생했다. 영토가 명확해지니 무엇이 무너지고 무엇이 잿더미가 되는지 빤히 보이게 된 것이다.

그러다 문득.

시선을 넓히고 내 팔을 넓혀서 내게 닥친 불행을 끌어안는 수밖에 없다는 인식에 이른다. 삶이 나 혹은 가족을 위한 것으로만 고착되는 순간, 견딜 수 없는 불행의 씨앗은 자리에 와 박힌다. 우리의 생은 방어적 행복으로 점철될 것이며, 그것은 언제나 불안할 것이다. 이것이 내가 더불어 살아야 한다고 생각하는 아주 개인적인 이유다. 우리는 혼자서는 결코 생의 불행도 행복도 감당할 수 없는 존재다. 영역을 넓히고 공감하고 생의 지평선을 넓힐 때에야 비로소 그것에서 해방될 수 있다.

삶이라는 선물

　　　　　　　　　　가족과 살면 더 이상 돌아갈 곳이 사라졌다
는 느낌에 황망해질 때가 있다. 내가 가고 싶은 집은 있지만, 막상 그곳
에 가면 내가 그토록 원하는 고독은 없다. 그러니까 집과 나만의 은밀
한 공간이 보장되지 않는다.

어릴 때는 학교에서 돌아올 때면 집에 아무도 없기를 바랐다. 대학 3학
년 때부터 나와 살면서 어정쩡한 독립을 시도하기는 했지만, 젊은 여자
가 한국 사회에서 혼자 산다는 것은 집을 나오든 아니든 자유롭지 않
기란 마찬가지였다. 나는 부모님의 기준과 세상의 기준에 맞춰 나름 '괜
찮은 여자'의 삶을 그런대로 살아 가려고 은연중에 노력했다.

유학을 떠났던 이유는 시선에 비틀거리는 삶을 벗어나고픈 열망 때문이
었다. 나를 짓누르는 관습과 타인의 기준에서 벗어나서 나를 억누르는
부모님의 착한 딸이라는 관념의 실체를 덜어내고 싶었다. 그리고 그곳
에서 그럭저럭 고독하고 자유롭게 살았다. 나름대로의 규칙은 있었다.

보고 싶은 영화는 무슨 일이 있어도 봤다. 그곳 아니면 볼 수 없는 영화를 영화관에서 보는 소중한 기회를 누렸다. 그 외에는 뭐든지 내 마음이 우선이었다. 공부를 잘해야 한다는 부담도 버렸고, 매일 세수를 하고 살아야 한다는 생각도 포기했고, 몇 시에 자고 몇 시에 일어나야 한다는 것도, 하루하루를 가치 있게 살아야 한다는 생각도 없었다. 생활할 만큼만 돈을 벌었고, 적게 쓰는 대신 넘치는 시간을 누렸다. 그리고 이제 다시, 가족의 틀을 형성해서 그 안에서 살아가고 있다.

사는 게 다 거기서 거기지, 뭘.
사람이(남자가, 여자가) 다 그 정도지, 뭘.
인생의 행복은 다 거기서 거기지, 뭘.

나는 여전히 이런 말에 흔들리지 않는다. 아무리 내 자리가 남들 보기에 행복해 보이는 곳에 있다 할지라도 내가 행복하지 않으면 아무 소용없다고 믿는다. 물론 남들보다 더 불행한 자리라고 떼를 쓸 마음도 없다. 행복에는 당당하고 불행에는 겸허해야 한다. 나보다 더 행복한 사람이 있을지도 모른다고 겸손해할 필요도 없지만, 나만큼 불행한 사람은 없다는 듯이 치졸해지는 일도 피해야 한다.
중요한 것은 자신의 행복과 불행에 솔직해지는 일이다. 우리는 얼마나 자신의 행복과 불행을 타인의 가치를 빌려 바라보는가. 이만큼이면 나도 행복한 게 아닐까. 이 정도는 남들도 참고 살지 않을까. 그러는 동안 어느새 타인의 시선은 내면화되고 내가 무엇을 느끼는지조차 알 수 없게 된다. 바로 그 지점이 우리의 삶이 고유의 열정을 잃게 되는 순간이다.

내 인생에서 가장 커다란 깨달음의 순간은 바로 내가 불행하다는 것을 인정했던 지점에 있었다. 불행하구나, 아 내가 불행하구나. 그저 고통의 연속이라고 생각했던 순간을 넘어서서 나는 불행했구나. 그나마 내 곁에는 언제나 위안이 있었다. 그래서 불행을 불행이라 여기지 않고 끊임없이 나를 위로했고, 그곳에 머물러도 괜찮다고 말해주었다. 그 자리를 벗어난다고 해도 새로운 고통을 맞이할 테니 여기 있든 떠나가든 별 차이는 없을 거라고 말해주었다.

더 멀리 나가면 좀 다를 것 같니
다른 남자라고 다를 것 같니
다른 일을 한다고 나아질 것 같니

확률적으로 맞는 이야기일지도 모른다. 아니, 꽤 타당하고 강력한 수치를 보여주고 있다고 믿어 의심치 않는다. 삶은 정말 거기서 거기인지도 모른다. 달라지기란 비슷해지기보다 훨씬 어려운 일이다. 왜냐하면, 그것은 수많은 복제품 사이에서 진품을 가리는 일이기 때문이다. 우리는 얼마나 남들과 다르지 않다는 위안으로 스스로 남들과 닮으려 하는가. 우리의 행복은 얼마나 안전한가. 그 같은 물음을 갖고 떠났던 내가 다시 이 자리로 왔다. 물론 지금의 나는 행복하다. 적어도 불행하다고 생각하지는 않는다. 하지만 내가 원하는 것이 무엇인지 좀 더 가까이, 확실히 알아야겠다. 평생 모르고 죽는다고 해도 멈출 수가 없는 게 내 본질에 가깝다면 그것에 솔직해져야겠다. 좀 더 내 삶에 제멋대로일 자격이 내게는 충분히 있다. 섣불리 내게 책임감을 따져 묻지 마라. 내가 책

임질 것은, 책임지기만 해도 대단한 것은 나 자신이며 내 삶뿐이다. 마치 대단한 희생이라도 하는 양, 당신의 삶과 당신의 욕구를 치장하지 마라. 그리고 남에게 같은 것을 요구하지 마라. 당신의 선택이 뼈저리게 고달팠다고 해서 타인마저 그 고달픔을 감당하게 할 자격은 누구에게도 없다. 나는 내 삶과 내 욕구에 좀 더 솔직해지고 싶다.

놀고 싶어 놀았고 숨고 싶어 숨었다. 한 시기가 끝나면 다른 시기가 온다. 새로운 시기가 온다고 해서 그 이전의 시간을 부정할 필요는 없다. 또 다가오는 시간을 외면할 이유도 없다. 억지로 연장해 간다고 해서 끝난 시기가 이어지지는 않는다. 본질은 변했고, 거기서 어떤 선택을 하느냐가 문제다. 그래서 삶은 흥미롭다. 이처럼 꿈틀거리고 역동하는 유기체를 표본에 맞춰 박제하듯 걸어 놓고 사는 것은 어마어마한 낭비가 아닌가. 삶은 보여주기 위해 있는 것이 아니라 살라고 주어진 선물이다. 물론 정교하고 현명해질 필요는 있다. 삶은 그 안에 있되 길들일 필요가 있는 것이기도 하다. 내게 가장 잘 어울리는 존재로 내 삶을 길들이기. 아마 죽을 때까지 이 짓을 하다 끝날지도 모르겠다. 어쨌든 너무 쉽게 찾아오는 나이와 늙음과 평범한 깨달음을, 간단히 보태듯이 내 삶에 얹고 갈 생각은 없다.

아버지의 유산

아침에 눈을 뜨자마자 가슴이 먹먹해진 이 유를 곰곰이 따져 봤다.

아, 꿈속에서 대성통곡을 했구나.

길게 난 복도가 있었다. 딱히 어둡지는 않았고 평범한 관공서의 복도처럼 썰렁하고 밋밋한 자리였다. 목재 문들이 양 옆으로 나 있고, 나는 정체불명의 누군가를 어느 문 앞까지 바래다주었다. 즐거운 마음으로 인사를 하고 헤어져 돌아오는데, 끝없이 반복되듯, 비슷하게 생긴 복도 안을 다시 걷고 있었다. 놀랄 만큼 닮았지만 다른 자리다. 그저 느낌으로밖에 감지할 수 없는 다른 공간이었다. 나는 그곳을 아버지와 함께 걷고 있었다. 어느 문 앞에 다다랐을 때 그가 내게 작별인사를 고했다. 그 순간 깨달았다. 나는 무작정 아버지의 손을 끌고 미친 듯이 복도를 달려 어느 계단 앞에 이르러서야 비로소 멈출 수 있었다. 그를 계단 윗자리에 앉혀 놓고는 엉엉 울었다.

"가지 마세요, 제발 가지 마세요, 그냥 이렇게 가시면 저는 억울해서 어떻게 살아요."

우리는 오래전 우리가 살던 집의 거실에 앉아 있었다. 장남인 아버지 덕분에 제사와 차례를 헤아릴 수 없이 많이 치르던 시절처럼 우리 앞에는 제사상이 놓여 있었다. 갑자기 언니가 내 곁에 와 있었다. 나는 그냥 엉엉 울기만 했다. 그리고 쏟아 놓듯 말했다. 도대체 왜 그러셨어요? 왜 그토록 우리를 힘들게 하셨어요? 이해한다고 생각하며 살았지만 사실 이해하지 못했어요. 아버지의 고통을 헤아릴 수 있었다고는 해도 그 대가를 왜 우리에게 치르려 했는지 종국에는 받아드릴 수 없었어요. 놀랍게도 꿈속에서, 현실에서는 단 한 번도 듣지 못한 아버지의 사과의 말을 들었다.

"미안하다. 그러고 싶었던 것은 아니었는데, 나도 내 분노와 성질을 이기지 못해서 그렇게 살고 말았다."

아버지는 돌아가시기 전까지 결코 그와 같은 말을 내뱉을 분이 아니라는 걸 나는 안다. 아버지는 당신의 잘못은 조금도 기억 못한다는 논리로 마치 아무 일도 없었던 것처럼 고독 속으로 침잠해버리는 사람이었다. 수행자처럼 살고 있으나 결코 자신에게도 주변에게도 용서를 빌어본 적이 없는 사람이었다.
마음 깊은 연민을 느낀다. 자신이 뿌린 고통은 잊어버리면서도 당신이 겪은 고통만큼은 깊이 묻어 두고 사는 사람에 대한 연민이었다. 다 잊었다고 말하지만 그 망각에는 지독한 비겁함이 도사리고 있다는 걸 안다. 그래서 나는 그가 못내 아픈 것이다. 진심으로 당신이 구원받기를 기도한다. 자유로운 척 살았지만 결코 자유롭지 못했던 당신, 스스로 고독을 택했다고는 말하지만 너무도 외로웠던 당신, 제발 이대로 생을 마감하지 않았으면 좋겠다.

어제는 우연히 발견한 어린 시절의 가족사진을 한참 동안 바라봤다. 이제는 뿔뿔이 흩어져 다시 모이게 될 날을 쉽게 가늠할 수 없지만, 제발 그리 멀지 않은 날에 미움보다는 그리움을 쌓아 모두 함께 마주할 수 있기를 바란다. 얼마 되지 않는 인생, 내가 너를 용서하고 용서하지 않는다고 하여 무슨 그리 큰 차이가 있겠는가. 결국 내 몫이 아닌 것을. 아무리 깊은 미움도 시간에 실려 지나가게 될 것이다. 그리고 나는 진심으로 당신을 위하여 그 날이 오기를 바란다. 그러니까 제발 그때까지는 버텨주기를. 내가 아버지께 바라는 건 오직 그뿐이다. 그것이 내가 당신에게 받고 싶은 가장 값진 유산이다.

새벽 다섯 시

요즘 매일같이 새벽 2시경에 한 번, 5시경에 한 번 잠이 깬다. 마치 부름이라도 받듯 그렇게 눈을 뜬다. 스펀지가 물을 빨아들이듯이, 아니 물이 스펀지에 스미듯이, 어떤 친숙한 감정이 내게 들어온다.

아직 푸른빛으로 내려앉은 새벽녘, 그 어둠 속에서 불현듯 삼십 년을 잊고 있었던 어느 날의 기억이 떠올랐다. 무의식이 잊게 했다가, 사춘기가 찾아오면서 다시 되찾으려 발버둥 쳤던 그날의 기억. 검은 구멍처럼 아무것도 보이지 않아 나를 공포에 떨게 했던 한여름 날 어두운 광 속의 기억. 갑자기 물방울이 탁 터지듯, 꼭꼭 여며둔 옷자락을 스르륵 풀어주듯, 태연하게 자신의 숨긴 얼굴을 드러냈다.

그랬구나. 그게 다였구나. 그랬음에도 내 인생은 그 뒤로 광에 가둬지듯 그렇게 꼭꼭 여며지고 말았구나. 뜨거운 날 것의 햇살과 어둡고 축축한 창고의 대비처럼 가파른 삶이었다. 창고 안은 너무 어두워서 아무것도 보이지 않았다. 잠시 후 잠에서 깼을 때는 햇살이 너무 밝아 눈을 뜰 수 없었다. 창호지 문이 열리고 엄마가 들어왔다. 그녀는 내게 개울에 먹을 감으러 가자고 했다. 날이 선 햇빛 아래 내 하얀 살갗이 덩어리째 드러났다. 조약돌 위로 투명하게 흐르는 물살이 반짝였다. 사무치도록 낯선 감정. 꿈속에서도 느껴 보지 않은, 영원히 분리되어 다시는 돌아갈 수 없으리라는 이물감과 같은 체념. 투명한 막 너머 보이는 엄마는 모든 걸 알고 있되 입을 열지 않을 것이다. 내 입술도 아무 소리를 토해 낼 수 없을 것이다. 음향이 지워지고 다시 기절하듯 찾아든 암전. 말끔하게 지워진 오후.

미지근한 눈물이 주르륵 볼을 타고 흘러 베개를 적셨다. 이제야 기억이 난다. 그 광 속에서 벌어졌던 일들이. 지금 생각해 보면 그냥 손 털고 지나갈 수 있었던 일이었는데, 무엇이 나를 그곳에 징을 박듯 단단히 박히도록 했을까. 내가 의도하지 않았던 일임에도 어쩌면 내가 자초했을지도 모른다는 두려움, 자책, 공포, 그리고 반항하지 못했다는 무력감, 수치스러움. 모든 것이 밝혀지면 나는 더 많은 미움을 받게 될지도 모른다는 불안. 그리고 갖은 추궁을 받고 말 거라는 확신에 가까운 의심.
내게 초등학교 2학년의 그 일 년은 갑자기 모든 것이 한꺼번에 무너진 해였다. 사건이 벌어진 뒤 얼마 지나지 않아 엄마의 사업이 망했고, 주변 사람들이 떠났고, 아빠의 폭행이 걷잡을 수 없이 심해졌고, 연거푸 이사를 갔다. 그리고 무의식이 억지로 묻어 두었던 기억은 유령처럼 되돌아왔다. 사춘기를 지나면서였다. 나는 밤마다 다시 그 창고 안으로 돌아가 도대체 어떤 일이 벌어졌는지 기억을 샅샅이 파헤치고 다녔다. 결국은 아무것도 보이지 않았다. 그 불안이 견딜 수 없어 무심해지기로 결심했다. 무슨 일이 벌어졌든 아니든 아무 상관없는 삶을 살겠다고 선언했다. 그때는 마치 대단한 승자라도 되는 양 이를 앙다물고 서 있었지만, 이제는 안다. 그건 갑옷처럼 무겁고 버거운 가장이었다는 것을 말이다.

세상의 절반이 남자라는 사실을 깨닫고 절망하는 여자를 상상해 본 적이 있는가. 그들 사이를 뚫고 지나가야 하는 삶이라는 사실만으로도 몸서리쳐지는 것. 처음으로 한 사람을 사랑하게 되었을 때, 그를 사랑하는 과정마저도 나에게는 개인적인 투쟁을 동반해야 함을 깨달으며 내쉬었던 한숨이 아직도 생생하다.

대학 3학년 때였다. 오랜만에 모인 사람들 사이에 십이 년 만에 그도 얼굴을 비쳤다. 그는 대학을 졸업하고, 그럴 듯한 직장을 얻고, 번듯한 집안의 아내를 얻은 새신랑이 되어 있었다. 곳곳에 있는 알짜 건물 몇 채를 소유하고 있는 부모덕에 한 달에 몇 백씩 보조를 받으며 무력하지만 안락한 삶을 사는 그는 참으로 별 거 아닌 중산층의 돼지가 되어 있었다. 내가 당신 때문에 그 오랜 시간을 공포에 떨었다는 것이 우스꽝스러웠다. 너는 괴물도 아니고 그저 적당히 살다가 알게 모르게 잊혀질, 너 하나쯤 죽어 없어져도 별 일 아닐 사소한 인물이었다. 나를 마주하자 혹시 그날 일을 기억할까 전전긍긍하는 흔적이 남김없이 드러났다. 나는 그를 조롱하듯 무심하고 미지근한 모습으로 그 앞에 서 있었다. 그는 자신의 사소한 장난 따위는 이미 잊힌 지 오래라는 사실에 안심하는 듯, 내게 이런저런 말을 걸어오기 시작했다. 병신 같은 놈. 속으로 비

웃었다. 그가 내게 말했다.

"서, 서희는 저, 정말 속눈썹이 기, 길구나. 마스카라 바른 거 아니지?"

나는 눈을 똑바로 쳐들고 그를 바라봤다. 가볍게 웃어 보이기까지 했다.

"원래 길어요. 어릴 때도 길었잖아요."

여행이 끝나고 서울로 돌아왔을 때 나는 참으로 홀가분해졌다고 생각했다. 가소로운 내 고통에서 비로소 해방되었다고 느꼈다. 그러고 보면 나의 젊음은 참으로 쉽게 용서하고 쉽게 극복할 수 있다고 믿었다. 하지만 고통은 가끔, 아니, 아주 나중에 찾아온다. 받을 빚이라도 있는 것처럼, 이만큼은 치르고 지나갔어야 하는데 못했으니 이제라도 갚으라는 듯 찾아온다. 그렇게 나는 부름을 받듯 다시 그 창고 안으로 되돌아가야만 했다.

그리고 내게 물었다.

예상치 않은 공격을 받을 때마다 왜 아무 저항도 할 수 없는지, 왜 무력하게 처음부터 포기하고 마는지 생각해 보았니? 그건 너무 일찍 포기해버린 기억이 있기 때문이야. 너무 일찍 패배를 인정해버린 기억.

모든 것이 잘 짜인 각본처럼 돌아간다는 생각이 들 때가 있다. 너무 잘 들어맞아서 현실감이 사라지는 순간들처럼 말이다. 마치 이건 내 삶이 아니라 누군가 의도적으로 놓아둔 덫일 뿐이라는 생각이 들 때. 그래도 한 가지 믿음은 있다. 지나가는 중이라는 것. 눈을 감고 느릿느릿 중얼거린다. 모든 것은 지나간다. 모든 것은 지나간다. 나의 육체도, 당신의, 그들의 육체도 모두 허물어질 것이다. 마음을 붙잡으려 하지 말고 그저 지나가도록, 모두 지나갈 수 있도록 놔두어야 한다.

그렇게 나는 지나가고 있다. 더 이상 그곳에 있지 않다.
문은 열렸다.

그 여자의 성, 그 남자의 성

　　　　　　　　여기저기 성폭력에 대한 이야기가 나온다. 그에 대한 담론이 이어지는 것을 보면서 나는 또 슬퍼진다. 이제는 분노가 아니라 슬픔이다.

대부분 상식으로는 알고 있겠지만, 성폭력에서 말하는 '폭력'은 단순한 물리적인 폭행만을 이야기하지 않는다. 상대방의 상태나 감정, 의견을 존중하지 않고 이루어지는 성관계에는 폭력의 가능성이 존재한다. 하지만 인간의 몸과 감정은 복잡한 것이라서 '성폭력'과 '성관계'가 갈라지는 지점이 참 미묘하다. 그리고 우리 인간은 각종 문화와 이데올로기, 개인의 취향으로 그 넓고 미묘한 지점을 채워 넣는다.

나는 한국에서 태어나 이십 대 초반까지 그곳에서 자랐다. 초등학교 5, 6학년 때 남자 아이들과 나뉘어서 성교육이란 것을 처음 받았다. 자궁 그림을 보았고 정자와 난자에 대해 대략적인 설명을 들었다. 한 시간 가량의 성교육은 여자는 아이를 가져야 하는 몸이니까 각별히 조심해야 한다는 내용으로 끝이 났다. 남자 아이들은 무엇이 그리 재미있는지 킬킬거리며 교실로 돌아왔다. 여자애들은 부끄러움에 안절부절 못했다. 무엇이 부끄러운지 알 수 없었지만 그저 부끄러워해야 할 것만 같았다. 남자애들의 당당함이 부당하다고 느꼈지만 그것을 설명할 말을 찾지 못했다. 한국이라는 사회에서 여자로 자란다는 것은, 그저 알 것과 몰라야 할 것을 철저히 검열당한 채 애완견처럼 자라는 것과 크게 다르지 않았다. 갈 곳과 가지 말아야 할 곳, 넘봐야 할 것과 넘보지 말아야 할 것을 철저히 구분당한 채 당신의 딸, 당신의 동생, 당신의 애인으로서 마땅한 존재가 되어야 한다는 강박관념을 지고 살아야 한다. 그리고 나역시 그것의 정당함과 부당함을 의심하기 전에는 당연히 낙오자가 되지 않기 위해 그럭저럭 잘해나가는 척 살았다.

어릴 때 한국 드라마나 영화를 보면 수도 없이 많은 강간 장면이 나왔다. 여자는 궁지에 몰리고 남자는 여자의 옷을 찢어버리거나 억지로 벗겨버리는 것으로 끝나는 싱거운 장면들이었지만, 나는 그렇게 남성과 여성의 관계를 배웠다. 남자와 여자가 가까워지려면 저렇게 폭력이 개입되어야 하는구나. 요즘 텔레비전에서 방영하는 드라마를 봐도 그렇다. 멋진 남자는 공공연히 여자를 함부로 안고, 입 맞추고 여자는 반항하는 듯하다가 결국은 항복한다. 그것을 보는 시청자들조차 가슴 떨리는 장면이라고 열광한다. 자신의 욕구를 이해조차 못하는 멍청한 여자들이 가장 사랑받을 만한 여자로 그려지는 세상이다. 그리고 남자는 그런 세상에서 여자들을 살 떨리도록 황홀한 섹스의 세계로 인도해줄 멋지고 돈 많고 능력 있는 구세주 역할을 자처한다. 물론 그 남자들은 단지 그녀를 섹스의 세계로만 인도하지는 않는다. 그들은 매우 로맨틱하고 순정남이기까지 해서 그녀만을 사랑하는 것은 물론 결혼을 통해 그녀의 신분상승까지 책임져준다. 이와 같은 서사구조 속에서 자라나고 끊임없이 영향 받는 여성들에게 '성'은 보다 안정적인 관계로 나아가기 위한 관문으로 인식되기 쉽다. 혹은 '더 나은 것'을 얻기 위한 도구가 되기도 한다. 그것은 한 남자의 사랑이기도 하고, 신분상승이나 물질적 충족이 되기도 한다. 성은 사랑의 확인을 위해서라면 감내해야 하는 절차라는 식이다. 그것도 모자라 무언가를 얻기 위한 교환 조건으로 인식되는 것이다. 여기서 성의 즐거움, 욕구의 충족이라는 것은 여자들에게 어쩐지 직접적으로 언급하기에는 조금 까다로운 문제가 된다. 섹스가 하고 싶어 남자를 유혹하는 여자는 위험하고 질 나쁜 여자가 되고, 그런 여자들은 강간을 당해도 할 말이 없는 상대로 인식될 위험이 여기저기 도사리고 있다. 여자는 어쨌든 남성들에게 오해를 불러일으킬 행동이나 불미스러운 사건이 벌어질 정황을 유도해서는 안 된다. 아니, 그것도 모자라서 그런 상황이 벌어졌을 때 묵인하고 받아들이는 것만으로도 비난과 의심의 대상이 된다. 수동적인 여자들은 실제 상황에서는 멋진 남자의 사랑과 구원을 받는 여자들이 아니라, 대체로 이용당하고 버림받거나 손쉬운 섹스 상대로 전락해버리는 경우가 더 많다. 그녀들은 데이트 강간의 아주 쉬운 대상이며, 그녀들조차도 자신이 성폭력의 대상이 되었음을 인식하지 못한다. 상대방이 자신의 경계선을 함부로 침입하고 들어와도 그로부터 자신을 보호해야 한다는 사실을 인지하지 못한다. 상대방이 정신적, 물리적, 혹은 직접적이든 간접적이든 폭력을 행사하고 있음에도 그것에 즉각 대항하지 못하거나 아예 자신이 당하고 있다는 사실조차 인식하지 못하는 경우가 빈번히 발생한다.

많은 경우 사람들은 여자가 성폭력을 당하면 즉각적인 신체적 대응을 할 것이라고 생각한다. 그런데 실제로는 그렇지가 않다. 낯선 남성에게 급작스런 공격을 당한 경우를 제외하고, 지인을 통해 이루어진 성폭력에서 여성들은 대부분 자기방어능력을 상실하거나 그것을 복구하기까지 긴 시간을 필요로 한다. 그리고 많은 경우 상황을 파악했을 때는 이미 사건이 종료되었거나 걷잡을 수 없을 만큼 시간이 흘러가버린 경우가 많다. 대체로 여성은 남성들과는 달리 정황을 공격적으로 파악하지 않는 경향이 있다. 아니, 파악하기를 꺼려한다. 이런 상황에 몰리면 어떻게 해서든지 긍정적인 방향으로 국면을 몰아가기 위해 노력한다. 남자친구와 억지로 관계를 맺은 여자가 "그럼, 나 책임질 거야?"하고 묻는다든지, 상대방 남성의 마음을 확인하기 위해 노력하는 행동을 보이는 경우가 그러하다. 만약 여기에 수치심이 강하게 개입된 경우에는 모든 것을 부정하기 위해 발버둥치기도 한다. 또한, 사건의 원인을 자신에게 찾고 후회하고 주변의 시선을 두려워하다 보면 시간은 돌이킬 수 없을 만큼 흘러가버리고 만다. 그래서 미국과 같은 나라에서는 성폭력 신고 기간을 최소 십 년에서 때로는 영구적으로 두고 있다. 많은 경우, 성폭력 피해 사건 상담자들은 피해자에게 신고를 권유한다. 기소가 될 만큼 증거가 불충분한 경우라도, 적어도 앞으로 발생할지 모르는 또 다른 사건에 경종을 울리는 행위가 될 수 있고, 무엇보다도 피해 여성의 치유 과정에서 반드시 필요하기 때문이다. 그것은 바로 자신이 당한 일이 무엇인지 정확이 인식하고, 그것의 억압적인 권력 관계로부터 스스로를 해방시키기 위한 첫 번째 단계이다. 이는 결코 쉬운 일은 아니다. 각종 수치심을 자극하는 과정과 온갖 추측이 난무하는 상황을 견뎌야 한다.

황색언론의 먹잇감이 되기 십상이며 주변의 의혹에 찬 눈초리를 감내하는 고통도 뒤따른다.

가해자 남성의 경우, 가장 문제가 되는 것은 대부분 자신이 어떤 행동을 저질렀는가에 대한 자의식이 턱없이 부족하다는 데 있다. 성폭행으로 고소당한 어느 연예인은 스스로 그렇게 부도덕한 사람이 아니라고 말했다는데, 대부분의 가해 남성들이 그렇게 생각한다. 주변 사람들도 그렇게 말한다. 그 놈이 그럴 놈이 아닌데, 라고. 아마도 가해자는 지금까지 그와 같은 비슷한 행동들을 저질러 왔을지도 모르고 그것이 쉽게 용인된다는 것을 경험을 통해 터득했을지도 모른다. 이 같은 불감증은 그의 잘못만은 아니다. 하지만 인식하지 못했다고 해서 행위가 용서되는 것은 아니다. 상대방이 술에 취해 심신이 박약한 상태를 이용해서, 권력 관계의 억압적 상황을 이용해서, 혹은 친밀한 우정을 나눈 사이므로 허물없음을 핑계로, 동의에 기반을 두지 않은 일방적 관계를 맺거나 시도한다면, 그리고 그것이 상대방에게 불쾌감이나 위협을 느끼게 한다면 그것은 문제적 행위가 된다. 이러한 행위 역시, 근본적으로는 남과 나의 경계를 존중하는 인식이 제대로 훈련되지 않았기에 더욱 자주 발생한다. 이건 누가 더 도덕적이고 부도덕적인가의 문제가 아니라 침입 행위가 있었느냐 없었느냐의 문제다.

나의 묘비명

　　　　　　　　며칠 전부터 나는 내 묘비명에 무엇을 새겨
넣을까 심심풀이로 생각 중이다. 사실 무덤을 남기기보다는 재가 되어
높은 절벽 위 허공에 뿌려지는 것이 더 멋지겠다는 생각을 하지만, 어
릴 때 본 〈전설의 고향〉 구미호 편이 두고두고 마음에 남아 찜찜하다.
구미호를 태운 잔재를 냇물에 버렸다가 그걸 마신 양반 댁 참한 규수가
구미호로 변해버리는 내용이었다. 매일 밤 "내 다리 내놔"라고 부르짖으
며 미친 듯이 온 동네를 헤매면서 말이다. 혹시 내 뼛가루 먹고 어떤 식
으로든 잘못 될 사람이 생기면 어쩌나 하는 걱정도 되어 잠정적으로는
땅에 묻히는 쪽으로 생각을 굳혔다. 물론 나이가 더 들어, 내 모습이 보
다 멋지고 편안해지면 허공에 산산이 뿌려지기를 희망할지도 모른다.
아무튼 나이가 들어가다 보니 내가 변하는 것을 느낀다. 다음과 같은
것들만 봐도 그렇다.

1. 정작 하고 싶은 말, 길고 넘치는 말들을 꾹꾹 눌러서 한마디도 하지
않을 수 있게 되었음을 깨달을 때. 그러고도 견딜 만하다는 사실에 뒤

늦게 놀라워할 때.

2. 서로가 뻔히 아는 거짓말을 천연덕스럽게 주고받으면서도 얼굴을 붉히지 않을 때.

3. 못 견디는 사람보다 측은한 사람이 많아졌음을 무심코 깨달을 때.

4. 예전보다 덜 집요하게 나를 추궁할 때(예전에는 나에 대한 진실만큼 중요한 것은 없었다).

5. 잘생긴 남자를 봐도 무덤덤하고 오직 내 눈에 예쁜 사람들 생각으로 수심에 가득 찰 때.

6. 사랑하는 이들의 건강과 장수가 아주 중요한 문제처럼 느껴질 때.

7. 예쁘다는 말을 전보다 다른 여성들로부터 더 자주 듣는다는 것을 깨달을 때(이미 경쟁상대에서 누락되었다고 생각하는 게지).

8. 둘째를 대학 보내 놓고 인생을 확 변화시킬 계획을 세우고 있을 때.

9. 죽을 때 누가 곁에 있을까 궁금해질 때, 제발 사랑하는 사람과 함께 있기를 소망할 때.

묘비명에 관해서는 여러 가지 후보들이 많았지만, 평소에 남편이 내게 제일 자주 하는 말을 써 놓으면 어떨까 생각한다.

'그녀는 게으르고 아름답지요. She is lazy and beautiful'라는 말을 바꿔서 〈그녀는 게을렀고 정녕 아름다웠다 She was lazy and truly beautiful〉라고.

한국 여성으로서 험난한 사춘기와 청년기를 보내면서
도달했던 결론은 정말로 매력적인 여성이 되자는
거였습니다. 자신의 욕구에 솔직하고, 자유롭고, 그것을
제대로 표현할 수 있으며, 여유롭게 즐길 수 있는
여자. 섣불리 남들 눈치 보지 않고 그들 눈에도 괜찮은
여자일까 아닐까를 고민하지 않는, 나로서 충분히
매력적인 여자 말입니다. 이런저런 실험도
해 보면서 나의 욕구에 눈을 뜨고 그것을 표현하고
누리는 행복을 배웠습니다. 도처에 저를 좌절로
이끄는 사건과 장치들이 널려 있지만 지금도 노력하고
있습니다. 죽을 때까지도 매력적인 여성으로 남고
싶습니다. 만약 하느님이 그곳에 계시다면 당신도
나에게 반할 만큼.

관능적인 삶

초판 1쇄 발행 2013년 11월 5일
초판 7쇄 발행 2019년 1월 28일

지은이   이서희
펴낸이   정상우
편집   이민정
디자인   김기연
관리   남영애 한지윤

펴낸곳   ㈜그책
출판등록   2008년 7월 2일 제322-2008-000143호

주소   서울시 마포구 동교로13길 34(04003)
전화번호   02-333-3705
팩스   02-333-3745
facebook.com/thatbook.kr
instagram.com/that_book

ISBN 978-89-94040-42-4 03810

이 도서의 국립중앙도서관 출판시도서목록(CIP)은 서지정보유통지원시스템
홈페이지(http://seoji.nl.go.kr)와 국가자료공동목록시스템(http://www.nl.go.kr/kolisnet)에서
이용하실 수 있습니다.(CIP제어번호: CIP2013021440)